無知

米蘭・昆德拉

尉遲秀—譯

1

「妳還在這兒做什麼！」希爾薇的聲音不兇，但也不怎麼溫和；她在生氣。

「那妳說我該到哪裡去？」伊蓮娜問道。

「回你們那兒去啊！」

「妳的意思是，這裡不再是我的家了？」

當然，希爾薇的意思不是要把伊蓮娜趕出法國，也不是要讓她覺得自己是個不受歡迎的外國人：「妳知道我的意思！」

「沒錯，我知道，可是妳難道忘了，我在這兒還有工作！還有房子！我的孩子也在這兒呀！」

「欸，古斯塔夫這個人我又不是不知道。只要能讓妳回到妳的國家，他什麼事都願意為妳做的。至於妳的女兒，妳就別再說來讓我笑了！她們早就有自己的生活了！老天！伊蓮娜，發生在你們那兒的事，多麼令人著迷啊！這種時候，還有什麼事情是不能解決的？」

「可是，希爾薇！問題也不只是現實的東西啊！工作、房子就算了，可我在這兒已經住了二十年耶，我的生活都在這兒啊！」

「在你們那兒發生的可是革命啊！」希爾薇以不容駁斥的語氣說了這麼句話，然後就緘口不語。她想藉著這段沉默告訴伊蓮娜，偉大的事情發生的時候，是不該當逃兵的。

「可是如果我回國的話，我們就不會再見面了。」伊蓮娜這麼說，想讓她的好朋友為難。

希爾薇這招訴諸感性的辯術顯然碰壁了，於是她把語氣轉熱：「親愛的，我會去看妳啊！我一定會去的，一定會的！」

她們靠在一起坐著，桌上兩只咖啡杯已經空了好一陣子。伊蓮娜看見希爾薇眼裡泛著激動的淚光。希爾薇傾身過去，握住伊蓮娜的手：「這將是妳偉大的回歸。」她又說了一次：「妳偉大的回歸。」

重複，重複，字詞在重複之下獲得如斯的力量，伊蓮娜在內心深處看見了粗體寫著的這幾個字：偉大的回歸。她不再抗拒了：腦海中突然浮現的影像令她著迷，這影像來自書本，來自電影，來自她過去的記憶，或許，還來自她先祖的記憶：迷途的孩子找到年邁的母親；男人回到他心愛的女人身邊——從前，殘酷的命運將他們硬生生地拆離；故鄉的老家——每個人都揹在背上的老家；重新尋獲的小徑——依舊印滿著失落的童年足跡；漂泊多年之後重見故國島嶼的尤利西斯；回歸，回歸，充滿偉大魔力的回歸。

2

回歸，用希臘文說，叫做 nostos。algos 的意思是痛苦。兩個字合起來，成了法文的 nostalgie（鄉愁、懷舊），意思就是因為回歸的慾望無法飽足所引發的痛苦。要表達這個基本概念，大部分歐洲人都會用這個源自希臘文的字（像是法文的 nostalgie、英文的 nostalgia），此外，也有些字有它們自己民族語言的根源：西班牙人說 anoranza；葡萄牙人說 saudade。這些字在每一種語言裡，都有一點語義上的細微差異。通常，這些字的意思只是因為無法回歸故國而引起的悲傷。思鄉病。想家病。用英文說，就是 homesickness。或者用德文說，是 Heimweh。用荷蘭文說，是 heimwee。但這僅只是這個大的概念投射在空間維度上的一個縮減。歐洲最古老的語言之一——冰島文——就很清楚地區分了兩個不同的字：soknudur：一般意義的鄉愁；以及 heimfra：思鄉病。捷克人呢，除了源自希臘文的 nostalgie 之外，還給這個概念造了一個屬於捷克人的名詞 stesk，還有捷克人自己的動詞；捷克文最動人的情話就是：styska se mi po tobe：我對你有鄉愁：我不能忍受你不在的痛苦。在西班牙文裡，anoranza 來自動詞 anorar（有鄉愁），這個動詞又來自卡塔盧尼亞文（catalan）的 enyorar，而 enyorar 這個字則是從拉丁文的 ignorare（不知道）派生而來的。從詞源學的觀點看來，鄉愁似乎就是因為無知而生的痛苦。你在遙遠的地方，我不知道你變成了什麼樣。我的國家在遙遠的地方，我不知道那兒發生了什麼事。也有些語言在表達鄉愁的時候會有點困難：例如法國人只能用那個源自希臘文的名詞來表達鄉愁，他們沒有鄉愁的動詞；他們可以說：je m'ennuie de toi.（我〔因為你不在而〕感到惆悵，為了你。）可是 s'ennuyer（〔因為某人不在而〕感到惆悵）這個字太弱、太冷了，總之，要表達這麼重的感情，這個字太輕了。德國人則是很少用到希臘文形態的 nostalgie，他們比較喜歡說 Sehnsucht：對於不在的事物的想望；不過 Sehnsucht 可以用於曾經存在的事物，也可以用於不曾存在的（一個新的歷險），因此這個字指的就不一定是 nostos（回歸）的觀念了；若要讓 Sehnsucht 包含強迫性的回歸觀念，就得再加上一個補語：Sehnsucht nach der Vergangeheit、Sehnsucht nach der verlorenen Kindheit、Sehnsucht nach der ersten Liebe（對於往事的渴望、對於失去的童年的渴望、對於初戀的渴望）。

《奧德賽》，鄉愁史詩的濫觴。這部史詩誕生的時刻正是古希臘文化曙光乍現之際。請注意：尤利西斯這位歷史上最偉大的冒險家，同時也是最偉大的鄉愁懷抱者，他遠赴（並沒有多大的樂趣）特洛亞作戰，在那兒待了十年。其後，他歸心似箭，急著要回到故鄉伊塔卡，可眾神卻在途中多番施計阻撓，起初的三個年頭，充滿了神奇無比的遭遇，接下來的七年，尤利西斯則成為女神卡呂普索的人質和情郎，卡呂普索愛戀著他，不願讓他從島上離去。

在《奧德賽》〈第五卷〉的最後，尤利西斯對卡呂普索說：「審慎的佩涅洛佩[1]無論身材或美貌都不能和妳相比……可是我每天唯一的願望仍然是返回那裡，在我的家園見到回歸那天的白晝。」荷馬[2]接著說下去：「尤利西斯說話時，太陽西沉，夜幕垂臨；石壁的拱頂之下，兩人雙雙回到洞穴深處，相互依偎，享受歡愛。」[3]

這種生活跟伊蓮娜悲慘的流亡生涯比起來，簡直有天壤之別。尤利西斯在卡呂普索那兒過的可是貨真價實的 dolce vita[4]，悠遊自在的生活，充滿歡樂的生活。可是，在異國的 dolce vita 和歷劫回歸故國家園之間，尤利西斯選擇了回歸。他不要在未知的事物（冒險）裡熱情探索，他喜歡的是將他認得的事物（回歸）奉為神明。他不要無窮無盡（因為冒險所企求的，從來就不是終結），他喜歡的是終結（因為回歸是同生命終結的和解）。

費埃克斯的水手們沒有把尤利西斯叫醒，他們把他連同床罩褥墊一起抬到伊塔卡島的岸邊，放在一棵橄欖樹下，然後離去。這正是旅程的終結。尤利西斯精力耗盡，依然沉睡著。他醒來的時候，不知自己身在何處。後來，雅典娜女神為他驅散眼前的濃霧，於是他沉醉了；為了偉大的回歸而沉醉；為了他認得的事物而狂迷；樂音在天地之間迴盪：他看見那個下錨地，是他自幼就熟悉的地方，後頭矗立著兩座山，他輕撫著那棵老橄欖樹，望著老樹一如二十年前的樣貌。

本書所有的註都是譯註。
1. 佩涅洛佩（Pénélope）：尤利西斯的妻子。
2. 荷馬（Homère）：古希臘盲眼詩人，生卒年不詳，一說為西元前八世紀，據傳為史詩《伊利亞特》、《奧德賽》的作者。
3. 尤利西斯對卡呂普索說的話，及其後荷馬的敘述，出自《奧德賽》〈第五卷〉原文第二一五至二二七行。（可參考：《奧德賽》，頁一四一，王煥生譯，台北，貓頭鷹出版社）
4. dolce vita：甜蜜生活（義大利文）。

西元一九五〇年，荀白克[5]已經在美國待了十四個年頭，那時有個美國記者問了他一些天真得發毒的問題：請問流亡的生涯是不是真的會讓藝術家喪失他們的創造力？打從故鄉的源頭不再滋養他們靈感的那一刻起，他們的靈感是不是真的就開始枯竭了？

您可以想像嗎？就在猶太人集中營的大屠殺之後五年！有個美國記者卻不肯原諒荀白克對那塊土地缺乏戀慕之情，而那些無比駭人的暴行，正是在他離開的那塊土地上發動的，就發生在他眼前哪！可誰也沒有辦法。荷馬以詩人的桂冠榮耀了鄉愁，也從此確立了種種情感的道德位階。佩涅洛佩占據了這個道德位階的山巔，高高凌駕在卡呂普索之上。

卡呂普索啊，卡呂普索！我時常想起她。她愛過尤利西斯。他們倆一同生活了七年之久。沒有人知道當初尤利西斯跟佩涅洛佩同床共枕了多少時日，但可以確定的是，一定沒有七年這麼久。然而，人們激情頌讚的是佩涅洛佩的痛苦，人們嘲笑的是卡呂普索的眼淚。

3

重大的歷史年代有如一記記斧斤的重擊，在二十世紀的歐洲歷史上斫刻著深深的刀痕。一九一四年的第一次大戰，第二次大戰，然後是第三次大戰——這是歷時最久的一次大戰，也就是所謂的冷戰，它隨著共產主義的消逝而於一九八九年結束。除了這些與整個歐洲命運攸關的重大歷史年代之外，還有一些次重要的年代，決定了某些特定國家的命運：像是西班牙內戰的一九三六年；俄羅斯入侵匈牙利的一九五六年；南斯拉夫人反抗史達林的一九四八年，還有他們自相殘殺、樂此不疲的一九九一年[6]。斯堪第納維亞人、荷蘭人、英國人則得天獨厚，在一九四五年以後，不曾有過重大的歷史年代，這也讓他們快快活活地度過了乏善可陳的半

5.荀白克（Arnold Schönberg）：二十世紀重要的作曲家，一八七四年生於維也納，一九五一年卒於洛杉磯。
6.西元一九九一年，斯洛文尼亞和克羅埃西亞於六月宣告獨立，脫離前南斯拉夫社會主義聯邦；馬其頓、波士尼亞—赫塞哥維納亦於十月、十一月陸續宣告獨立。高張的民族主義先是導致分裂，而後引發連年爭戰。

個世紀。

這個世紀的捷克歷史炫飾著一種數學上的美感，相當引人注目，那是因為「二十」這個數字的三重複現。

西元一九一八年，經歷了數個世紀的努力，捷克獲得了獨立的國格，而在一九三八年，它又失去了。

西元一九四八年，共產黨革命由莫斯科輸入捷克，革命的恐怖年代為這第二次的二十年揭開序幕，最後在一九六八年告終，俄羅斯眼見捷克如此放肆地脫韁而去，憤而派出五十萬大軍入侵這個國家。

占領軍的勢力在一九六九年秋天全面布置停當，而在一九八九年秋天，出乎所有人的意料，占領軍走了，輕輕悄悄、彬彬有禮地走了，就像當時歐洲所有的共黨政權一樣：這是第三個二十。

歷史年代如此貪婪地占據每個人的生命，這是我們這個世紀才開始有的事。如果不先去分析那些歷史年代，那麼，伊蓮娜在法國的生活是無從理解的。在五○和六○年代，來自共產國家的流亡者在法國是沒什麼人關心的；當時法國人的腦子裡，唯一真正的罪惡就是法西斯主義：希特勒、墨索里尼、佛朗哥的西班牙、拉丁美洲的獨裁者。到了差不多六〇年代末期，還有整個七〇年代，法國人才一點一點、慢慢地決定了要把共產主義也想成一種罪惡，不過，是層次略遜一籌的一種罪惡。這麼說吧，他們把共產主義當作排名第二的罪惡。一九六九年，伊蓮娜和她丈夫流亡到法國的時候，正是這個年代。他們很快就理解到，跟那排名第一的罪惡比起來，降臨在他們國家的災難所散發的血腥味太淡了，實在不夠讓他們的新朋友們留下深刻的印象。為了解釋他們為何流亡，他們發展出一套常用的說法，大致如下：

「無論法西斯的獨裁政權有多麼恐怖，它總會隨著獨裁者一起消失，所以人們還可以抱持希望。共產主義就不同了，它背後有個巨大無垠的俄羅斯文明在撐著，對一個波蘭人、對一個匈牙利人來說（愛沙尼亞就更不用提了），共產主義是一條沒有盡頭的隧道。獨裁者會滅亡，俄羅斯卻是永恆的。在這些國家，人們的不幸是在一片全然絕望的氣氛裡堆積起來的，我們就是從那兒來的。」

他們如是忠實地表達了他們的想法，而伊蓮娜為了加強這個說法的說服力，還引了當代捷克詩人揚·斯卡瑟[7]的一首四行詩：詩人談到了圍繞著他的悲傷；這悲傷，他想輕輕提起，帶到遠方，用它來蓋一棟房子，他想在裡面自我封閉三百年，三百年都不開門，任誰來也不開門！

三百年？斯卡瑟在七○年代寫下這幾行詩，而於一九八九年的十月過世，也就是在他那三百年悲傷消散前的一個月。當年他在眼前看到的三百年悲傷，就在他死後一個月，在數日之間煙消霧散了：布拉格的街道上滿是人群，人們都舉起手，搖著手上一串串的鑰匙，發出的聲音如排鐘齊鳴，迎接新時代的到臨。

斯卡瑟說到三百年的時候是不是搞錯了？當然是的。所有的預測都是錯的，這是上帝賜給人類極少數的確定事項之一。不過，即使關於未來的預測都是錯的，這些預測還是道出了預言者的真實景況，這些預測是最佳的入門捷徑，可以引領人們理解這些人如何度過他們的時代。在我稱作第一個二十的那個年代（一九一八年和一九三八年之間），捷克人以為他們的共和國面對的是一個無窮無盡的未來。他們搞錯了，不過也正因為他們搞錯了，他們才能在歡樂中度過這麼些年，在藝術上綻放出前所未見的繁華盛景。

俄羅斯入侵之後，捷克人怎麼也想不到共產主義會有終結的一天，這一次，他們開始想像自己生活在一個沒有盡頭的世界裡，這不是現實生活裡的苦難，而是一種未來的空虛，這種空虛耗盡了他們的精力，窒息了他們的勇氣，也讓這第三個二十年變得如此怯懦，如此哀淒。

荀白克確信自己十二音列的美學理論，為音樂的歷史開展了一幅幅遼遠的前景，他在一九二一年宣稱，因為他的貢獻，德國音樂（荀白克，他是維也納人，可他說的不是「奧地利」音樂，他說的是「德國」）的統治地位（他說的不是「榮光」，他說的是德文的「Vorherrschaft」，統治）將在未來的百年屹立不搖（我是如實引述的，他確實說了「百年」）。預言之後的十五年，西元一九三六年，荀白克被放逐了，因為猶太人的身分，他被逐出了德國（這個國家正是他意欲維護「Vorherrschaft」的對象），而所有以荀白克十二音列美學（被指責為無法理解、菁英主義、世界主義，而且對德國精神懷有敵意）為基礎所譜寫的音樂也一同被逐

7. 揚・斯卡瑟（Jan Skacel）：捷克詩人，生於一九二二年。一九六九年後，作品全數遭查禁。

出了國境。

即使荀白克的預言錯得如此離譜，但是對那些想要理解荀白克作品意義的人來說，這預言仍是不可或缺的，他的作品並不覺得自己具有毀滅性，既不神秘艱澀，也不具世界主義、個人主義的色彩，不難懂，也不抽象，而是深深地扎根於「德國的土壤」裡（是的，他說了「德國的土壤」）；荀白克相信他正在做的，並不是為歐洲偉大音樂的歷史譜寫一首懾人心弦的終場曲（我正是一向如此理解他的作品），而是為了一個一望無際、榮光普照的未來，譜寫唯一的序曲。

4

打從流亡的最初幾個星期，伊蓮娜就作了一些怪夢：她坐在一架飛機裡，飛機改變了航向，降落在一個陌生的機場；穿著制服、全副武裝的男人在空橋下等著她；她額頭上沁出了冷汗，因為她認出那是捷克的警察。在另一個夢裡，她在法國的一個小鎮上閒逛，看見了一群奇怪的女人，每個人手上都拿著一只大大的啤酒杯向她跑來，用捷克語斥責她，個個都笑得那麼真誠卻又不懷好意，這時，伊蓮娜嚇壞了，她發現自己身在布拉格，她放聲大叫，醒了過來。

她的丈夫馬丹也作同樣的夢。每天早上，他們都跟對方訴說著對於回歸故鄉的恐懼。後來，伊蓮娜跟一個波蘭朋友（她也是流亡者）說起來才發現，原來所有的流亡者都會作這種夢，每個人都作，沒有例外；她先是因為這些素不相識的人們在夜裡團結友愛的表現而感動，後來卻有點不快：如此私密的作夢經驗，怎麼能以集體的方式來體驗呢？那她獨特的靈魂何在？可是問這些永遠沒有解答的問題又有何用？可以確定的是：成千上萬的流亡者，在同樣的夜裡，以無可數計的變體形式，作著同樣的夢。流亡的夢：這是二十世紀下半葉最奇特的現象之一。

這些夢魘對伊蓮娜來說，確實是神秘莫名，因為在此同時，她也為無法遏止的鄉愁所苦，她感受到的，是另一種完全相反的經驗：故鄉的景物在白晝時分兀自出現在眼前，不，這不是悠悠長長、有意識、刻意的白日遐想；這完全是另一回事：一幕幕的景物在她腦海裡兀自亮了起來，出乎意料之外，突兀、迅速，乍現即逝。前一刻，她還在跟她的老闆說話，轉瞬間，如閃電霹靂，她卻看見一條橫越田野的道路。前一刻，她還擠在地鐵車廂的人群裡，突然間，布拉格一片綠地上的小徑卻閃現在她眼前。整個大白天，這些轉瞬即逝的影像不時來造訪她，舒緩了她對失去的波希米亞的思念。

執掌潛意識和夢境的，是同一個導演。白晝，他把洋溢著幸福光影的故國景物一幕幕送給伊蓮娜，到了黑夜，他策畫的回歸卻令人驚惶，目的地是同樣的國度。白晝，那遭人遺棄的美麗國度閃耀著，到了黑夜，換成航向故國的恐怖回歸在發光。白晝在她面前呈現的，是她失去的天堂，夜晚所展示的，則是她逃離的地獄。

5

共黨國家都忠實地追隨了法國大革命的傳統，放逐了流亡者，對他們詛咒撻伐，將他們斥為最最可憎的叛徒。這些留在國外的人，都在缺席的情況下，在他們的國家遭到審判、定罪，他們的同胞也不敢和他們有所接觸。然而，隨著時日久遠，嚴厲的放逐令也漸漸弛緩了，在一九八九之前的幾年，伊蓮娜的母親——一個新寡又沒啥害處的退休公民——就拿到了簽證，在國營旅行社的安排下，去義大利度了一個星期的假；第二年，她決定到巴黎待上五天，偷偷去看她的女兒。伊蓮娜滿心感動與憐惜，心底浮現了一個年邁母親的形象，她幫母親在旅館訂了房間，還犧牲了一部分的假期，準備好好陪伴母親，片刻不離。

「妳看起來還不錯嘛，」見面時母親這麼對她說。母親一邊笑一邊又接著說：「其實我也不壞。出境的時候，邊境的警察看了我的護照，對我說：夫人，這本護照是假的！上面的出生日期不是您的！」這會兒，伊蓮娜突然在母親身上找到以往她認識的那個樣子，她感覺到，這近乎二十年的時間似乎什麼也沒改變。她對一個年邁母親的憐惜突然消失了。母女兩人面對面，宛如置身時間維度之外的兩個存在，宛如不具時間性的兩種本質。

分離了十七年之後，母親來看女兒，女兒看到母親卻不開心，這樣的女兒不是太糟了嗎？伊蓮娜動員了全副的理性、全部的道德感，好讓自己的行為舉止像個孝順女兒。她帶母親去艾菲爾鐵塔二樓的餐廳吃晚飯；她帶母親去搭遊河船，沿著塞納河介紹巴黎的風光；既然母親想看展覽，她就帶她去畢卡索美術館。在第二間展覽廳裡，母親停下腳步說：「我有個朋友是畫家，她送給我兩幅畫當禮物。妳一定想像不到那兩幅畫有多美！」到了第三間展覽廳，母親說她想看印象派畫家：「在網球場美術館[8]有個常設的展覽。」「這個美術館已經沒有了，」伊蓮娜說，「印象派已經不在網球場美術館了。」「不是，不是的，」母親說。「他們還在網球場美術館。我知道的，而且我沒看到梵谷是不會離開巴黎的！」為了彌補梵谷的缺席，伊蓮娜提供了羅丹美術館。母親在一尊雕像前嘆了口氣，像在作夢似的：「我在佛羅倫斯看了米開朗基羅的大衛像！我站在那裡看得連一句話都說不出來！」「媽，」

伊蓮娜按捺不住了，「妳現在在巴黎，跟我在一起，我帶著妳在看羅丹。羅丹！妳聽到了嗎？羅丹！妳從來沒看過的羅丹，妳這是在幹什麼呢？在羅丹面前，妳去想米開朗基羅幹嘛？」

這問題問得一點也沒錯：母親這是在幹什麼？她和女兒在分離多年之後重逢，難道她對女兒向她展示、向她述說的事都沒有興趣嗎？為什麼要提米開朗基羅呢？她跟一群捷克觀光客一起看的米開朗基羅難道比羅丹更有吸引力嗎？這五天以來，她沒問過伊蓮娜任何問題又是為了什麼呢？為什麼她沒問過任何一個關於伊蓮娜生活的問題，也沒問過任何一個關於法國的問題，關於法國菜、法國文學、乳酪、葡萄酒、法國政治、戲劇、電影、汽車、鋼琴家、大提琴手、運動員？

母親不提這些，反而不停地提起在布拉格發生的事，提到伊蓮娜同母異父的弟弟（母親和她剛過世不久的第二任丈夫生的），也提到其他人，有的伊蓮娜還記得，有的她連名字都沒聽過。她幾次試著要把她在法國生活的話題插進去，可母親用話

8.網球場美術館（Musée du Jeu-de-paume）位於巴黎，原為法國國家典藏印象派畫家作品的主要展示中心。一九八六年奧塞美術館開館後，國家典藏的印象派畫作全部移至奧塞美術館展出。

語砌成的壁壘毫無間隙，伊蓮娜想說的話根本鑽不進去。

打從伊蓮娜小時候，她們就是這樣了：母親像呵護一個小女孩那樣，溫柔地照拂著兒子，而對待女兒的方式，卻是十足陽剛的斯巴達教育。我這裡要說的，是她不愛女兒嗎？說不定是因為她看不起伊蓮娜的父親，也就是她的第一任丈夫？我們別這麼壞心眼吧。她是費心思量之後才這麼做的：她一副精力充沛、身強體壯的樣子，是因為她擔心女兒欠缺活力；她想藉著自己粗魯的態度，驅走女兒的多愁善感，就像一個運動神經發達的父親，把膽小怯懦的兒子丟進游泳池裡，因為他認為這是教會他游泳最好的方法。

不過，她心裡很清楚，光是她的出現，就夠她女兒受的了。我也沒打算否認，她對於自己在身體方面的優勢，有一種秘密的快感。不然要怎麼樣呢？要她怎麼做呢？要她為了發揚母愛而消失得無影無蹤嗎？她的年歲無情地向前推進，可她對自己的活力有某種自覺，就像伊蓮娜感覺到的那樣，這樣的自覺讓她整個人年輕起來。當她在伊蓮娜身邊，發現她因為感覺到這股活力而驚惶、而沮喪，她就想要把此刻延續下去，讓她崩壞中的霸權可以儘可能地延續下去。帶著一丁點虐待的心理，她刻意把伊蓮娜的脆弱當作冷漠、懶惰、散漫，還斥責了她。

長久以來，伊蓮娜只要在母親面前，就會覺得自己變得比較不漂亮、比較不聰明。她不知多少次跑到鏡子前面，只為了看清楚自己其實不醜，自己看起來不像個笨蛋……啊，這些都是陳年舊事，幾乎都快忘了，可是母親待在巴黎的這五天，這股自卑、軟弱、附屬的感覺，又再次向她襲來。

6

母親離開的前一天晚上，伊蓮娜把她的瑞典男朋友古斯塔夫介紹給她認識。三個人到餐廳吃了一頓晚飯，母親一個法文字也不會講，於是很英勇地說起英文。古斯塔夫倒是很樂：跟他的情人在一起，他只能說法語，這語言他已經厭倦了，他覺得法語矯揉造作，用起來又不方便。這個晚上，伊蓮娜的話不多：她很驚訝，她發現母親對別人所表現出來的興趣，還真是出人意料；她就說著區區幾十個荒腔走調的英文字，用一堆問題淹沒了古斯塔夫，她問了他關於生活、關於公司的事，問了他對很多事情的看法，讓他留下了深刻的印象。

第二天，母親走了。從機場回來之後，伊蓮娜走到她頂樓公寓的窗邊，在重新尋回的寧靜裡，享受她孤獨的自由。她望著窗外的屋頂看了好一陣子，屋頂上各式各樣的煙囪極盡想像之能事。多年以來，這片煙囪磚瓦構成的巴黎式園景，早已取代她心裡青蔥翠綠的捷克花園了，她這才體會到，她在這個城市裡有多麼幸福。過去，她總是理所當然地把流亡視作一種不幸，然而，此刻她自問，難道那不是一種關於不幸的幻覺？一種被眾人看待流亡者的方式所引發的幻覺？她不也是照著人家塞到她手上的使用說明書，來理解自己的流亡生活嗎？她心想，雖然流亡是外在力量強加在她身上的結果，違背了她的意願，但說不定在冥冥之中，這正是她生命裡最好的出路。歷史無情的力量侵犯了她的自由，最後卻讓她成為一個自由的人。

所以，她有點困惑了，因為幾個星期後，古斯塔夫帶著誇耀的神情向她宣布了一個好消息：他向公司提案，在布拉格設置一個辦公室。就商業上來說，捷克這個共產國家不是很有吸引力，所以辦公室的規模不會太大，不過這麼一來，他就有機會可以不時去那兒住上一陣子了。

「我很高興可以走進去接觸妳的城市。」他說。

伊蓮娜沒有覺得開心，反而隱約感到某種類似威脅的東西。

「我的城市？布拉格已經不是我的城市了。」她答道。

「怎麼會呢！」古斯塔夫很不以為然。

她在古斯塔夫面前從不掩飾自己的想法，所以古斯塔夫應該可以很瞭解她才是；可是古斯塔夫看待她的方式竟然和所有人一模一樣：她是一個被她的國家放逐而受苦的年輕女子。古斯塔夫自己來自一個瑞典的城市，他打從心底討厭那裡，不願再踏上那個城市一步。不過，就他的情況來說，這是很正常的。因為所有人都為他鼓掌，因為他是一個討人喜歡的北歐人，十足的世界主義，他早已忘了自己出生於何處。兩個人都被分類、被貼上了標籤，而人們也根據他們是否忠於他們的標籤，來評價他們（當然啦，這也不是什麼別的東西，這就是我們經常強調的所謂「忠於自我」）。

「妳在說什麼啊！」他不服氣地說。「那妳的城市在哪裡？」

「在巴黎！我就是在巴黎遇見你，在巴黎和你一起生活的。」

古斯塔夫彷彿沒聽見她說的話，他輕撫著伊蓮娜的手說：「妳就把這當作是我送給妳的禮物吧。妳不能回那兒去，我就幫妳和妳失去的國家搭起一個聯繫。我很高興可以這麼做！」

她很清楚古斯塔夫是出於善意；她很感激；不過，她還是用很莊重的語氣加上了幾句：「可是我希望你可以瞭解，我並不需要你幫我和任何東西搭起什麼聯繫。

我跟你在一起很幸福，我跟一切的一切都切斷關係了。」

古斯塔夫也用很嚴肅的口吻說：「我瞭解妳的。妳別擔心我會對妳的過去有興趣。妳認識的那些人裡頭，我只會去看妳母親。」

她能對他說什麼呢？她能說，她不想讓他常常去見的人，正是她的母親？她怎麼能對古斯塔夫這麼說呢？他是一個對自己過世的母親那麼眷戀深情的人。

「我很佩服妳母親。她好有活力！」

伊蓮娜一點也不覺得奇怪。每個人都佩服她的母親充滿活力。她怎麼向古斯塔夫解釋，在母性力量的神奇圓圈裡，她始終無法掌握自己的生命？她怎麼向古斯塔夫解釋，母親恆久不變的親人關係會把她拋擲到過去，把她拋回缺陷裡，把她拋回青澀的年華裡？啊，古斯塔夫怎麼會有這麼瘋狂的念頭，想要跟布拉格搭起什麼聯繫！

直到她一個人待在家裡，她才冷靜下來安慰自己：「感謝上帝，共產國家和西方世界之間，警察設下的關卡還算滿嚴密的。我不必去擔心古斯塔夫和布拉格的聯繫會威脅到我。」

什麼？她剛才自言自語說了些什麼？「感謝上帝，警察設下的關卡還算滿嚴密的」？她真的說了「感謝上帝」？她——一個眾人都同情她失去了祖國的流亡者——竟然說了「感謝上帝」？

7

古斯塔夫在談生意的場合，偶然認識了馬丹。許久以後，他才見到伊蓮娜，那時，伊蓮娜已經是寡婦了。兩人都對彼此有好感，但兩人都很靦腆。這時，做丈夫的就從天上跑下來幫忙了，他成了兩人交談的主題，輕輕鬆鬆地打開了話頭。當古斯塔夫從伊蓮娜那兒得知馬丹跟他同年的時候，他聽見高牆塌了，阻隔在他和這個比他年輕甚多的女人之間的那堵牆坍塌了。他心底對死者生出一股感激，死者的年紀讓他鼓起向這位美麗遺孀求愛的勇氣。

他崇拜他逝去的媽媽，他忍受著（沒有任何樂趣）兩個已經成年的女兒，他逃離他的妻子。如果夫妻倆可以心平氣和地協議離婚，他是很願意這麼做的。既然事與願違，他就儘可能待在離瑞典遠遠的地方。伊蓮娜也和古斯塔夫一樣有兩個女兒，她們也正要跨過那道門檻，準備開始獨立的生活。大的那個，古斯塔夫給她買了一個單間公寓；小的那個，幫她在英國找了個寄宿學校。這樣一來，家裡就剩下伊蓮娜一個人，她就可以讓古斯塔夫來家裡了。

伊蓮娜被古斯塔夫的善良給炫惑了，他似乎對每個人都很善良，這善良像是他人格裡讓人印象最深刻、讓人覺得幾乎不可思議的主要特質。他總是用這來迷惑女人，而那些女人總是明白得太遲，古斯塔夫的善良與其說是用來誘惑人的武器，不如說是用來防禦的武器。從小，他就是母親寵愛的孩子，沒有女人的關愛照顧，他根本沒辦法一個人獨自生活。可他更無法忍受的是女人們的挑剔、爭吵、淚水，甚至她們過度外顯、過度擴張的身體。為了能夠保有這些女人，同時又可以從她們的身邊逃離，他用自己的善良當作砲彈向這些女人發射，在硝煙塵霧的掩護下，他且戰且走。

面對古斯塔夫的善良，起初伊蓮娜有點困惑：他為什麼人這麼好，這麼大方，這麼一無所求？她該怎麼做才能回報他呢？她只能在他面前刻意表現出她的慾望，除此之外，她也想不出別的報答方法了。她兩眼睜得大大的，盯著古斯塔夫，這雙眸子向他求索著無邊無際又令人心醉神馳的無名之物。

她的慾望；屬於她慾望的那段悲傷歷史。遇見馬丹之前，她不曾有過任何性愛的歡愉。後來，她生了孩子，然後肚子裡懷著第二個女兒從布拉格來到法國，沒過多久，馬丹就死了。接下來，她度過了一段漫長的艱苦歲月，她什麼工作都得去做，女傭、有錢的癱瘓病人的看護，後來，她找到一些把俄文譯成法文的工作（還好她從前在布拉格上語文課的時候很用功），這對她來說，已經算是很好的工作了。時間一年年地過去，海報上、廣告看板上、書報攤的雜誌封面上，處處可見女人寬衣解帶，情侶相互擁吻的畫面，也看得到男人穿著三角褲展示身體，可是伊蓮娜置身這場無所不在的狂歡筵席裡，她的身體竟然在街上無所事事地晃來晃去，形單影隻，沒人看見。

正因為如此，她和古斯塔夫的相遇成了一次慶典。經過這麼漫長的時間，她的身體、她的臉終於讓人看見、讓人疼惜了，而且也因為她的臉、她的身體的魅力，有個男人邀她共度一生。正是在這般魅惑發生的時節，她母親突然跑來巴黎嚇了她一跳。不過，也許是同一個時節，或者稍晚一些，她開始隱隱約約感覺到，她的身體並沒有完全擺脫原來的境遇，顯然，這境遇一旦出現，就已經成了她最終的宿命。她隱約覺得，古斯塔夫逃離他的妻子，逃離他所有的女人，可他在她身上尋找的，不是冒險，不是新的青春，不是感官的自由，而是休憩。我們說得精確些，一點也不加油添醋：她的身體不是一直沒人碰，她隱約的感覺之所以越來越強，是因為她身體得到的碰觸比應該得到的少。

8

共產主義在歐洲消逝的時刻，恰恰是法國大革命野火燎原之後的兩百年。對於伊蓮娜的巴黎朋友希爾薇來說，這裡頭有個富涵意義的巧合。可這當中富涵的，到底是什麼意義？跨接這兩個莊嚴歷史年代的凱旋門，該給它起個什麼名字？歐洲兩大革命之門？還是最偉大革命暨最終復興的連結之門？為了避免意識形態上的爭端，我在這裡提供一個比較中庸的詮釋：第一個莊嚴的歷史年代給歐洲的舞台創造了一個要角，那就是「流亡者」（或者說「大叛徒」，或是「偉大的受難者」，我們要怎麼說都可以）；第二個莊嚴的歷史年代則把「流亡者」逐出了歐洲歷史的舞台；在此同時，執掌潛意識的導演給他最具原創性的作品之一——流亡的夢——畫上了句點。而伊蓮娜第一次返回布拉格，在那兒度過了幾天，也就是發生在這個時候。

她啟程的時候，天氣還非常冷，後來，三天以後，夏天卻突如其來地提前降臨了。她的套裝太厚了，根本穿不上。熱一點時穿的衣服，她一件也沒帶，只好去店裡買一件夏天的洋裝。那時候的捷克，還沒有到處充斥著西方商品，看到的衣服都是她從前在共黨時代看過的布料、顏色、剪裁。她挑了兩、三件洋裝來試穿，心裡覺得很尷尬，但也說不上是為什麼：這些洋裝並不醜，剪裁也不差，可卻讓她想起遙遠的過去，想起她年輕時候的樸實衣著，這些衣服看起來既幼稚又土氣，一點也不高雅，簡直就是給鄉下的小學老師穿的。可她在趕時間哪。好吧，那又怎麼樣呢，就這麼幾天像個鄉下來的小學老師不行嗎？於是她買下那件便宜得不像話的洋裝，把它穿在身上，然後把冬天的套裝收在袋子裡，走上熱氣逼人的街道。

過了一會兒，她走過一家百貨公司，經過一面巨大的鏡牆。她突如其來地在鏡子裡看到自己，她在鏡子前楞住了：她看到的不是自己，而是另一個人，或者說，她又看了好久，看著鏡子裡穿著新洋裝的自己，才發現鏡子裡的人是自己，可卻過著另一種生活，經歷著另一種生命，如果她一直留在國內，現在過的就是這種生活罷。鏡子裡的女人看起來並不討人厭，她的樣子甚至令人感傷，不過這感傷有點太過了，感傷得令人落淚，她看起來是那麼可憐、那麼讓人同情、那麼弱小、那麼順從。

就像過去在流亡的夢裡一樣，同樣的恐慌襲上她的心頭：一件洋裝的神奇魔力，讓她看見自己被囚禁在一個她不想要的生活裡，在那裡頭，她無論如何也找不到出路。彷彿，從前，在她成年生活的初期，有好幾種可能的生活擺在面前供她選擇，最後她在這些生活當中，選了將她帶去法國的那個。彷彿，其他幾種可能的生活——被拒絕、被拋棄的那些——一直在那兒等著她，一直躲在隱蔽之處，用嫉妒的眼光監視著她。現在，其中的一種生活就占據了她的心頭，用新買的洋裝把她緊緊包裹在裡面，宛如束縛精神病患的緊身衣。

伊蓮娜心底感到驚恐，她跑到古斯塔夫那兒（他的公司在布拉格市中心買了一幢房子，他在頂層有個臨時的住處），把衣服換了。她再次穿上冬天的套裝，從窗戶往外看，天是陰的，樹被風吹得彎了腰。天熱，不過熱了幾個小時。幾個小時的熱浪，就為了給她搬演一輪噩夢，就為了給她說說回歸的恐怖。

這是夢嗎？這是她最後一次流亡的夢嗎？不是的，這一切都是真的。儘管如此，她還是覺得過去在夢裡出現的陷阱並沒有消失，那些陷阱一直都在，一直在那兒等著她，監視著她的一舉一動。

9

尤利西斯不在的那二十年，伊塔卡人的心裡留存著許多關於他的記憶，但是對他沒有任何鄉愁。而尤利西斯則是為鄉愁所苦，可卻幾乎什麼事也記不起來。

這樣的矛盾是可以理解的，只要我們懂得，人的記憶力若要運行無礙，就需要持續不斷的訓練：倘若回憶不是在親朋好友的言談之間，一次一次地被提起，它就會離我們而去。流亡者群聚在海外同鄉會的場合，互訴相同的故事直到令人作嘔，這些故事於是成為永難磨滅的記憶。可那些不常參加同鄉聚會的人——像伊蓮娜或是尤利西斯——則無可避免地會遭受失憶的打擊。他們的鄉愁越是濃厚，這鄉愁就越會把回憶掏空。尤利西斯的心裡越是煎熬，他的遺忘就會越嚴重。因為鄉愁不會強化人的記憶力，鄉愁不會喚醒回憶，鄉愁自給自足，它滿足於自身的情愁，它完全沉浸在自己獨有的苦難之中。

尤利西斯殺了那些狂妄無禮、向佩涅洛佩求婚的人，重新統治了伊塔卡，從此，尤利西斯必須和一些他完全不瞭解的人一起生活。而這些人為了討好他，反覆地把他們記憶裡關於尤利西斯遠征前的一切說個不停。而且，他們相信，除了伊塔卡島，沒有任何東西是尤利西斯感興趣的（他們怎麼能不這麼想呢？畢竟尤利西斯航越了遼遠無垠的海域，歷盡千辛萬苦才回到這裡），他們叨叨絮絮地對他述說，他不在的這段期間發生了什麼事，他們迫不及待地想要回答尤利西斯的所有問題。沒有什麼事比這更讓他厭煩了，他只期待一件事；期待他們終於對他說：說給我們聽吧！可這正是唯一一句他們從不對他說的話。

二十年來，他心裡想的淨是他的回歸。可是人回到故鄉，他才瞭解了一件事，他很驚訝：他的生命——他生命的本質、他生命的中心、他最珍貴的寶藏——活在伊塔卡島之外，活在他那漂泊的二十年裡。而這份珍貴的寶藏，他已經失去、無從尋回了，除非說給別人聽。

離開了卡呂普索之後，在回歸的旅程中，尤利西斯遇難漂流到費埃克斯，那裡的國王在宮殿裡接待他。在那兒，他是個異鄉人，他是個神秘的陌生人。面對一個陌生人，人們會問：「你是誰？你打哪兒來的？說給我們聽吧！」於是他就說給他們聽了。他花了《奧德賽》裡頭浩浩長長的八卷，在目瞪口呆的費埃克斯人面前，鉅細靡遺地描繪了他的冒險。可是在伊塔卡島，他不是異鄉人，他是他們的自己人，這也就是為什麼沒有人會想到要對他說：「說給我們聽吧！」

10

她翻了所有舊的通訊錄，望著那些印象模糊、半忘不忘的名字看了好久；然後她在餐廳訂了一個包廂。靠牆的長桌上，盤子裡擺著各式糕點，旁邊則是排列得整整齊齊的十二瓶酒，在那兒等待著。在波希米亞，人們不時興喝好的葡萄酒，也不會去收藏年份久遠的葡萄酒。她心裡懷著極大的喜悅，買了這些頗有年份的波爾多紅酒：她要讓她的客人感到驚喜，她要讓她們玩得開心，她要重新贏回她們的友誼。

可她卻差點搞砸了。她的朋友都很不自在，大家呆望著那幾瓶酒，直到其中一個朋友發了難，這個朋友自信滿滿、很以自己的單純為傲，她直截說了她比較喜歡喝啤酒。這個直腸子的女人讓眾人的精神為之一振，大家都表示同意，於是這位虔誠的啤酒信徒就把服務生叫進來了。

伊蓮娜責怪自己，用那箱波爾多紅酒做了這麼件無趣的事；她實在太蠢了，這麼做，不就等於把那些將她們區分開來的東西全都攤開了嗎：她去國多年，她那些異國的習性，她優渥的生活。她心裡非常自責，因為她把這次聚會看得那麼重：她真的想知道，她是不是能夠在這裡生活？是不是真的可以像待在自己的家？是不是能在這裡有朋友？所以她不想因為這小小的粗魯行為而生氣，她甚至決定把這事看做一種坦率的善意；更何況她的客人們對啤酒展現了忠誠，而啤酒不正是代表誠摯的神聖飲料嗎？啤酒不正是驅散一切虛情假意，驅散一切矯揉造作的最佳催情劑嗎？它只會刺激它的愛好者天真又無邪地去排尿，刺激他們無邪又天真地變胖。事實上，圍繞在伊蓮娜身邊的這些女人，都胖得福福泰泰的，她們不停地說話，沒完沒了地說著些好心的建議，還大大讚揚了古斯塔夫——她們每個人都知道有古斯塔夫這個人的存在。

她們說話的時候，服務生出現在包廂門口，手上拿著十個裝了半公升啤酒的大啤酒杯，一手五個，特技般的精彩演出，搏得了一陣陣的掌聲和笑聲。她們舉起啤酒，相互碰杯：「為伊蓮娜乾杯！為我們重新找回來的女孩乾杯！」

伊蓮娜啜了不大不小的一口啤酒，心裡自忖：如果今天給她們準備紅酒的人是古斯塔夫，情況會是如何？她們會拒絕嗎？當然不會。拒絕紅酒的同時，她們拒絕的，正是她這個人。她，是的，她們拒絕的正是這麼多年之後返鄉的她。

而這正是她要賭的：她們會不會接受返鄉時的那個她？她從這裡離去的時候，是個天真的少婦；她回來的時候，帶著成熟的氣質，背後還有一段生活，一段她引以為傲的艱苦生活。她願意付出任何代價，只要她們可以接受她，同時也接受她這二十年來的經歷，接受她的信念，接受她的想法；這是賭局最後的孤注一擲：要嘛她可以用現在的樣子跟她們打成一片，要嘛她就不要在這兒留下來。她辦了這場聚會，當作出擊的起點。她們堅持要喝啤酒，那就喝吧，她不會在意的，重要的是，她要自己選擇說話的主題，而且要讓人聽到。

可時間一分一秒地過去，這些女人全都一個勁兒地七嘴八舌說個沒完，想插進去重新起個話題，幾乎是不可能的，更別說是要加入新的內容了。伊蓮娜小心地順著她們的話題，試著把話頭轉到她想跟她們說的事情上，但是她失敗了：只要她說的話稍稍偏離了這些女人關心的事，就沒有人要聽。

服務生已經送上了第二輪的啤酒；她的第一杯啤酒一直還在桌上，泡沫塌塌的，跟一旁剛端上來、滿溢著泡沫的啤酒放在一起，看起來好像很沒面子。伊蓮娜只怪自己早已失去喝啤酒的興致；在法國，她學會小口細啜地品酒，她已經不習慣像愛喝啤酒的人那樣豪飲了。她把啤酒杯舉到嘴邊，一口氣猛喝了幾大口。這時，有個女人（她是裡頭最年長的，約莫六十歲）溫柔地把手貼在她唇上，幫她把留在上面的啤酒泡沫抹去。

「不要勉強啊，」她對伊蓮娜說：「不如我們一起來喝點紅酒吧？放著這麼好的酒不喝，實在太蠢了。」她轉頭要服務生開了一瓶紅酒。那些酒，擱在長桌上都還沒動過。

11

米拉妲是馬丹從前的同事，他們曾經在同一個研究單位共事。米拉妲才走進來，伊蓮娜就認出她了，不過，一直要到這會兒，兩人手上都拿著一杯紅酒，她們才聊了起來；伊蓮娜看著她：她的臉型始終沒變（圓的），同樣的黑髮，同樣的髮式（也是圓的，頭髮覆蓋著雙耳，長過她的下頦）。米拉妲的樣子讓人覺得她一點都沒變；只有在她開始說話的時候，臉部會驟然發生改變：她臉上的皮膚會一層又一層地皺起來，上唇會覆著細細的直紋，臉頰和下頦的皺紋也會隨著她的每一個手勢而變換位置。伊蓮娜心想，米拉妲自己一定不知道：因為沒有人會對著鏡子自言自語；所以米拉妲只認得自己靜止時的臉，皮膚近乎光滑；全世界的每一面鏡子都會讓她相信，她始終是美麗的。

米拉妲一邊品酒，一邊說（她美麗的臉上，皺紋立刻出現了，並且在那兒舞動著）：「回歸，這實在是不容易啊，不是嗎？」

「她們沒辦法理解，當初我們走的時候，根本沒抱著一丁點兒要回來的期望。我們到了哪兒，就把根扎在那兒了。妳聽過斯卡瑟嗎？」

「妳說的是那個詩人？」

「他在一首四行詩裡談到他的悲傷，他說他想用這悲傷蓋一棟房子，然後把自己關在裡面三百年。三百年哪，我們每個人都看過三百年的漫長隧道出現在眼前。」

「可不是嗎，我們也都看過，就在這裡。」

「那為什麼人們現在不想再提這事了？」

「因為人們會去修改他們的感覺，如果這些感覺是錯的，如果連歷史都否認了這些感覺。」

「而且，每個人都以為我們當初之所以走，是要去過好日子。他們都不知道，在一個陌生的世界裡，要給自己掙一小塊地盤有多麼不容易。妳知道嗎？手裡抱著一個孩子，肚子裡還懷了一個，這樣子出國，一去不回頭。丈夫又過世了。在這麼苦的日子裡，把兩個女兒拉拔長大……」

她沒再說下去，米拉妲接著說：「跟她們說這些事，沒有任何意義。才沒多久以前，每個人都爭著要證明自己在舊政權統治的時代，受的苦難比別人多。每個人都想讓人當作是受難者。可這些苦難的競賽都結束了。現在，人們吹噓的是他有多麼發達，而不是他受過多少苦難。人們看得起妳，不是因為妳過去的苦日子，而是因為看到有個有錢的男人在妳身邊。」

她們在角落裡聊了好一會兒，其他人也靠了過來，圍在她們身邊。這些女人彷彿在怪自己沒有好好關照今晚的主人，她們的話說個沒完（跟紅酒比起來，啤酒帶來的醉意讓人更喧鬧、更憨傻），她們的熱情洋溢。從聚會開始就說要喝啤酒的那個女人又大呼小叫起來：「我還是得嚐嚐妳帶來的酒！」她把服務生叫來，要他開了幾瓶紅酒，並且把桌上的酒杯都斟滿。

伊蓮娜的心頭被這樣的景象占滿了：一群女人手上拿著大大的啤酒杯，大聲喧笑著向她跑來，她聽出她們說的是捷克文，她這才知道（也嚇壞了）自己並不是在法國，她在布拉格，她迷失了。啊，是的，這是她從前常作的一個流亡的夢，她很快就把這段回憶揮散了，而且，眼前這些女人喝的已經不是啤酒了，她們拿起高腳杯，再次為重新找回來的女孩乾杯；接著，一個神采奕奕的女人對她說：「妳記不記得？我寫信跟妳說，時候到了，妳回來的時候到了！」

這女人是誰？整個晚上她不停地說著她丈夫患的病，興奮地把話頭停在病症的每個細節上。終於，伊蓮娜認出她是誰了：是她高中的同學，就是她在共產黨倒台的那天寫信跟她說：「噢，我親愛的朋友，我們都老了！妳回來的時候到了！」她又把這個句子重複了一遍，在她變得粗胖的臉上，大咧咧的微笑裡，露出了一顆假牙。

其他女人則向伊蓮娜提出一大堆問題：「伊蓮娜，妳記得那時候？……」或是：「妳知道某某人後來？……」「怎麼會呢，妳至少也該記得他吧！」「那個男的耳朵大大的，妳每次都笑他呀！」「妳怎麼可以把他忘了！人家可是一直惦著妳呀！」

直到此刻，這些女人對伊蓮娜想說給她們聽的事，一直沒產生什麼興趣。那麼，這一輪簇擁而上的問話攻勢代表什麼？這些什麼都不想聽的女人，想知道什麼？伊蓮娜很快就明白了，她們提的問題都屬於特定的一類：都是想要檢查，看看伊蓮娜知不知道她們知道的事，看看伊蓮娜記不記得她們記得的事。這給了伊蓮娜一種很詭異的感覺，縈在心頭揮之不去：

起初，她們對伊蓮娜曾經在外國生活這回事絲毫不感興趣，她們就這樣給伊蓮娜做了個截肢手術，把她二十年的生命截去。現在，她們又搞了個審訊大會，想把她久遠以前的過去和她當前的生活縫接起來。這麼做，就像是把她的兩隻前臂截去，然後把她的手掌直接固定在手肘上；像是把她的兩條小腿截去，把她的腳掌接在膝蓋上。

伊蓮娜被這景象懾住了，她們提的問題，她一個字也答不上來；那些女人呢，反正也沒期待她會回答什麼，她們越喝越醉，又聊回了她們的天南地北，伊蓮娜又被排除在外了。她望著她們的嘴巴同時張開，這些嘴巴動著，說出一些話，不停地爆出笑聲。（不可思議的是：有些女人不聽對方說的話，可她們為什麼會為了交談的內容而笑呢？）沒有人繼續跟伊蓮娜說話了，不過，所有人都很開心，起初說要喝啤酒的那個女人唱起歌來，其他人也跟著唱起來，甚至到聚會散場，她們在街上還不停地唱。

伊蓮娜躺在床上，回想晚上的聚會；從前那個流亡的夢又出現了，她又看見自己被人包圍著，那是一群喧鬧又真誠的女人，手上都拿著一只大大的啤酒杯。在夢裡，她們都幫秘密警察工作，任務就是要讓她落入陷阱。可今天的這些女人又是為誰工作呢？「妳回來的時候到了！」她那鑲著死神假牙的舊日同窗對她說。這位密使來自墳場（祖國的墳場），她的任務是要讓伊蓮娜不要忘記那道命令：她得提醒伊蓮娜，時間緊迫，生命得終結在它開始的地方。

後來伊蓮娜想到了米拉妲，她的親切，多麼具有母性；她讓伊蓮娜明白，現在已經沒有人對她用生命譜寫的《奧德賽》感興趣了，伊蓮娜心想，就連米拉妲也不會有興趣的。但是這能怪她嗎？她為什麼該對這些事感興趣？這跟她自己的生命根本是毫不相干的。如果她裝作感興趣的話，那也未免太虛情假意了，伊蓮娜很高興米拉妲這麼親切體貼，一點也不矯情造作。

睡著之前，她最後想到的是希爾薇。她已經好久沒見到她了！她想念她！她好想邀她上小酒館，跟她說說最近在波希米亞旅行的事，讓她知道回歸有多艱難。而且就是因為妳，她想像自己這麼對著希爾薇說，就是妳最先說出這幾個字的：偉大的回歸。妳知道嗎，希爾薇，直到今天我才明白，我是可以重新跟他們生活在一起，條件是：我和妳、和你們、和所有法國人共同經歷的這一切，我得莊嚴肅穆地把這些東西放到祖國的祭壇上，然後在那兒點上火。我過去二十年的異鄉生活，就在一場神聖的儀式之中化作塵煙。這麼做，那些女人就會拉著我一起圍著火堆起舞、高歌，手裡還高舉著大大的啤酒杯。如果我要獲得原諒，如果我要讓人們接受我，如果我想重新成為她們當中的一員，這就是我必須付出的代價。

12

在巴黎機場，她通過海關檢查，走到候機室坐了下來。她在對面的長條座椅上，看到一個男人，經過兩秒鐘的驚訝和猶疑，她認出他來了。她心跳不已，等著兩人的目光相遇，然後對他微笑。他也微微一笑，輕輕地點了頭。她起身向他走去，這時，他也站了起來。

「我們從前在布拉格見過，就是了，」她用捷克文對他說。「你還記得我嗎？」

「當然。」

「我一眼就認出你了。你一點也沒變。」

「妳太誇張了。」

「真的，真的。你還是跟以前一樣。天哪，那是多久以前的事了。」接著，她笑著說：「謝謝你還認得出我！」接著又說：「這些年，你都留在國內？」

「沒有。」

「你流亡到國外了？」

「是啊。」

「你住在哪兒？在法國嗎？」

「不是。」

她嘆了口氣：「啊，如果你住法國，而我們竟然到今天才遇見……」

「我曾經過巴黎，完全是偶然。我住在丹麥。妳呢？」

「我住在這兒。住在巴黎。天哪。我真是不敢相信我的眼睛，這些年，你都怎麼過的？你可以做你原來的工作嗎？」

「可以呀。那妳呢？」

「我大概做了七個工作。」

「我就不問妳有過幾個男人了。」

「嗯，別問我這個。我呢，我也答應你不問你這種問題。」

「那現在呢？妳回國定居了嗎？」

「也不算真的回國定居。我的房子一直還在巴黎。那你呢？」

「我也沒回去定居。」
「不過你常回去。」
「沒有。這是我第一次回去。」他說。
「啊，這麼久才回去！你不太急嘛！」
「是啊。」
「你在波希米亞都沒有什麼牽掛嗎？」
「我是一個絕對自由的人。」
他說這話的時候神情莊重，她還注意到，他的神情裡帶著某種感傷。
飛機上，她的座位在前面，靠近走道，她回頭看了他好幾次。她從來不曾忘記他們的相遇，在遙遠的過去。那是在布拉格，她和一群朋友在一個酒吧裡，他則是她朋友的朋友，整個晚上他的眼睛都沒離開她。他們的愛情故事還沒開始就中斷了。她的心裡一直抱著遺憾，留下一道不曾癒合的傷口。
有兩次，他走過去靠在她的座椅旁邊，繼續他們的談話。她得知他在波希米亞只待三、四天，而且要到一個外省的小城去看家人。她很難過，難道他不會在布拉格待上一天嗎？會呀，布拉格總是得去一趟吧，回丹麥之前，或許會上那兒待個一、兩天。她可以去找他嗎？可以再見面的話，就太讓人開心了！他把他在外省落腳的旅館名字給了她。

13

他也一樣，他也為這次的相遇感到高興；她很友善、很迷人，又讓人覺得親切，四十來歲，漂亮的女人，可他根本不知道她是誰。要對一個人說我們不記得他，是件擾人的事，這次更是雙倍的擾人，因為，或許他並沒有忘記她，只是認不出她是誰了。而要向一個女人承認這樣的事，實在是粗魯無禮至極，他根本做不出來。而且，他很快就意識到，這個陌生女子不會問他是不是記得她，所以，繼續跟她閒聊是最簡單的解決方法了。不過，等他們說好要再見面，她想把電話號碼留給他的時候，他開始覺得尷尬了：到時候他要怎麼打電話去找一個不知其名的人呢？於是他不加解釋就說，他想要她打電話給他，然後要她記下他外省旅館的電話號碼。

他們在布拉格的機場分手。他租了一輛車，駛上高速公路，再接上一條省道。到了城裡，他開始尋找墓園的所在。徒勞無功。他發現自己一直在一個新的住宅區裡，在一些形貌相同的高大宅子之間打轉。他看見一個約莫十歲的男孩，於是把車停下，問他往墓園該怎麼走。男孩看了看他，沒有回答。約瑟夫心想，這男孩沒聽懂，於是他慢慢地、咬字清晰地把問題又說了一遍，還拉高了嗓門，活像個外國人努力要把話說清楚。男孩終於回答說不知道。真是見鬼了，怎麼會有人不知道城裡的墓園在哪裡，那是城裡唯一的墓園啊！他繼續走，又問了別的路人，但也聽不太懂他們的解釋。最後，他終於找到了：墓園卡在一座新建的陸橋後面，看起來比從前寒傖，也小得多。

他停了車，沿著一條椴樹的林蔭小徑，走到墓前。就在那兒，在三十年前，他看見裝著母親遺體的棺木從那兒降下去。此後，只要他造訪故鄉的這座小城，他就會不時到墓園裡走一趟。一個月前，他準備到波希米亞待上幾天的時候，他就已經知道，這一趟的行程將從那裡開始。他看了看墓碑；大理石的碑面上覆著許多名字：顯然在這段時間裡，這座墳墓已經成了一棟大宿舍了。在那條林蔭小徑和墓碑之間，淨是草地，當然，還有一片花壇；他試著去想像底下的棺木：這些棺木應該是一具具靠在一起，三具靠成一列，層層相疊。媽媽在最下面。那父親呢？他在母親死後十五年過世，他們之間至少隔著一排棺木吧。

他又看見了媽媽的葬禮。那時候，墳墓底下只有兩位亡者：他父親的父親和母親。那時他還覺得挺自然的，看到母親降下去，降到她公婆的身邊，他甚至不曾想過，說不定母親想要的，其實是回去和她自己的雙親團聚。直到晚年，他才了解：這些家族墓穴裡的聚集方式，早在久遠以前就已經被某種強制的權力關係決定好了；他父親家族的影響力比他母親的家族大。

墓碑上那麼多的名字，讓他心底百感交集。他離開之後幾年，聽說了叔父的死訊，接著是嬸母，最後，是父親。他仔仔細細地讀著這些名字；其中有些名字的主人，直到今天他都還以為他們活著；讀著讀著，他的腦子嗡嗡作響，整個人楞在那裡。攪亂他心情的並非這些人的死亡（一個決定離鄉背井永不回頭的人，對於不能重見家人這件事，應該早就認命了），而是他竟然不曾收到任何一份訃聞。共產黨的警察監控了所有寫給流亡者的信件；那麼，他們是因為害怕，所以才不敢給他寫信？他看了墓碑上的日期：最後兩次葬禮的時間，都在一九八九年以後。所以他們沒有給他寫信，就不是為了要明哲保身了。事情的真相更糟：對他們來說，他已經不存在了。

14

這家旅館是共黨時代的最後幾年興建的：是一幢光滑明亮的現代建築，就像世界各地隨處可見的那些大樓一樣，在城裡最主要的廣場上，高高地矗立在那兒，比城裡其他房舍的屋頂都要高出好幾層樓。他在六樓的房間把行李安頓好，走到了窗邊。時間是傍晚七點，暮色垂臨，街燈慢慢亮起，廣場上靜得不像是真實的情境。

出發之前，他想像自己面對著過去熟知的地點，面對著過去的生活，他問自己：他會感動嗎？他會淡漠以對？會開心？還是會失望？結果什麼也不是。他不在的時候，一把隱形的掃帚拂過他的青春國度，抹去他所熟悉的一切；他期待的那種「面對」並沒有發生。

很久以前，伊蓮娜為了給她病重的丈夫找個地方靜養一下，他們曾經去過法國的一個外省小城。那是個星期天，城裡靜悄悄的，他們在一座橋上停下腳步，望著黯綠的河岸之間，河水靜靜地流著。河流轉彎的地方，有一棟古老別墅立在花園之中，在他們眼裡，這棟別墅的影像有如逝去的田園牧歌，有如自己的家園那般令人心怡。兩人都被這幅美景深深吸引了，於是沿著階梯走下河岸的斜坡，滿心期待要到那兒走一走。沒走幾步，他們就發現了，這份屬於禮拜日的寧靜捉弄了他們；這條路被堵住了；他們走進了一處廢棄的工地：各種機器、拖拉機、一堆一堆的沙、一堆堆的土；河岸的另一邊，則是一些被人砍倒在地的樹；而他們在上面看到的那幢別墅，它的美麗曾經吸引了他們兩人，可此刻只見破碎的窗玻璃，門也已經失去蹤影，剩下一個大洞；別墅後面立著一幢十幾層樓的高大建築物；曾經讓他們讚嘆的鄉間美景，不過是視覺上的幻象罷了；這美景遭人踐踏、侮辱、嘲笑，卻從它自身的廢墟之中隱約透露出來。再一次，伊蓮娜把目光投擲在對岸，她注意到，那些倒臥在地上的大樹開著花！被人砍斫、倒地，這些大樹還是活著！此時，不知何處的擴音器突然爆出音樂聲，響亮無比。被這麼重重一擊，伊蓮娜雙手捂著耳朵，嚎啕大哭起來。她那病重垂危、再過幾個月就要告別人世的丈夫牽著她的手，帶她離開了那兒。

這支巨大的隱形掃帚把風景變形、扭曲、抹去，在那兒也掃了有幾千年，但它過去的動作是緩慢的，幾乎無法覺察，可如今，它的動作變得那麼快，讓我不禁自問：時至今日，《奧德賽》還有可能嗎？這部回歸的史詩還屬於我們的時代嗎？清晨，尤利西斯在伊塔卡的岸邊甦醒之際，倘若那棵老橄欖樹已被人斫倒在地，倘若周遭的景物他全然不識，他是否還會心醉神馳？他是否還會聽到那偉大回歸的樂音？

旅館附近有一棟大樓，露出一整面光裸的側壁，那是一片沒有窗戶的側壁，上面畫著一幅巨大的圖。昏暗的暮色讓人看不清上頭寫的字，約瑟夫只看得出是兩隻手相互交握，兩隻龐大的手掌，在天地之間。這兩隻手一直都在那兒嗎？他已經記不得了。

他獨自一人在旅館的餐廳用餐，他聽見四面八方傳來說話的聲音。那是由一種陌生語言所譜成的音樂。捷克文在這要命的二十年裡，到底發生了什麼事？是重音改變了嗎？顯然是的。從前的重音是硬硬地壓在第一個音節上，現在卻變弱了；整個語調像是給人剔掉了骨頭似的。旋律聽起來比以前單調，有氣無力的。而音質呢！音質也變成帶著鼻音，結果說出來的話就帶上了一點讓人不舒服的厭膩味道。

在千百年的歲月裡，所有語言譜成的音樂或多或少都有著不為人所察知的轉變，可那些離鄉多年的歸人會為此感到困惑：約瑟夫倚在餐盤上方，他聆聽著一種陌生的語言，屬於這個語言的每一個字，他都明白。

後來，在房間裡，他拿起話筒，撥了他哥哥的電話。他聽見一個愉快的聲音邀他立刻過去。

「我只是想告訴你，我到了，」約瑟夫說。「對不起啊，今天我就不過去了。我不想在這麼多年沒見之後，讓你們看到我現在這個樣子。我實在是累壞了。你明天有空嗎？」

他甚至不確定他哥哥是不是還在醫院工作。

「我會把時間空出來的。」他這麼回答。

15

他摁了電鈴，他那比他年長五歲的哥哥開了門。兩人握了手，望著對方。如此的凝望，強度是無邊無際的，他們都很清楚其中的含意：他們正快速地、謹慎地把一些東西記到心裡，哥哥望著弟弟，弟弟望著哥哥，他們要把對方的頭髮、皺紋、牙齒都記在心裡；兩人都知道自己在對面的那張臉上找尋什麼，兩人也都知道對方在自己的臉上尋找相同的東西。他們都為此感到羞赧，因為他們找尋的，是對方與死亡最可能的距離，或者，說得更粗魯些，他們在對方臉上尋找隱隱透露的死亡身影。他們都希望趕快結束這種病態的探索，於是急著要找出一個句子，好讓他們忘卻這預見死亡的短暫片刻，如果能找到一聲呼喚、一個什麼問題都好，或者，有可能的話（那真是老天幫忙了），最好可以找到一則笑話（結果什麼靈感也沒來幫他們打開僵局）。

「來吧，」最後是哥哥開的口，他搭著約瑟夫的肩膀，帶他走到客廳。

16

「打從那個倒台了以後，大家都等著你回來，」兩人坐下的時候，哥哥這麼說。「所有流亡的人都回來了，或者至少都在這兒出現過了。欸，欸，這可不是在責怪你。你要做的事，你自己知道的。」

「你錯了，」約瑟夫笑著說，「我不知道我要什麼。」

「你自己一個人來的嗎？」哥哥問道。

「是啊。」

「你想在這兒長住嗎？」

「我不知道。」

「當然囉，你得看看你太太的意思。就我所知，你在那兒結了婚。」

「是啊。」

「跟一個丹麥女人？」哥哥這麼說，語氣不甚確定。

「是啊，」約瑟夫答了話，然後就沒再說話了。

這段靜默讓哥哥陷入了尷尬，約瑟夫為了找話說，就問道：「這棟房子現在是你的？」

從前，這層公寓是他父親所擁有的三層出租樓房的一部分；他們全家（父親、母親、兩個兒子）住在三樓，其他的樓層則租給別人。一九四八年共產黨革命之後，房子充了公，一家人在那裡成了房客。

「是啊，」哥哥答道，一副侷促不安的樣子：「我們試過要找你，可是找不到人哪。」

「怎麼會呢？你不是有我的地址嗎？」

一九八九年以後，所有在革命時期被國家徵收的產業（工廠、旅館、出租樓房、田產、林地）都重歸舊時主人的手裡（或者說得精確些，重歸舊時主人的兒孫手裡）；這個程序叫做歸還產權：只要有人向法院登記，聲明自己是某一項產權的所有人，一年之內若無人異議，一年之後，產權的歸還就成定局了。如此簡化的法律程序留下很多漏洞，但卻免除了種種關於繼承的官司、訴願、申訴，如此簡化的程序也在驚人的短時間內，再次造就了一個階級社會，裡頭有一群富裕、汲汲營營的資產階級，他們有能力把這個國家的經濟推上軌道。

「是律師辦的手續，」哥哥說道，神情始終尷尬。「現在，已經太晚了，所有的程序都截止了。不過，你別擔心，我們自己可以想辦法，不必透過律師。」

這時候，他的嫂嫂走了進來。此刻，兩人的目光甚至沒有交接：嫂嫂的老態如此明顯，從她出現在門口的那一刻，就看得清清楚楚的。約瑟夫想把頭低下去，待會兒再偷偷看她，不要讓她覺得不舒服。一股憐憫湧上他的心頭，他站起身來，迎向他的嫂嫂，親吻了她的臉頰。

他們又坐了下來。約瑟夫的情感波動不已，看著他的嫂嫂；要是在街上遇到她，約瑟夫根本就認不出她來。這些都是跟我最親近的人哪，他心想，這是我的家族，我唯一的家族，他是我哥哥，我唯一的哥哥。他在心裡重複著這些話，彷彿想要在感動消失之前，儘可能延長這段時間。

這番情感的波動讓他說了這樣的話：「別再提房子的事了。喂，我說真的，我們談些實際一點的事吧，我的問題又不是要在這裡擁有什麼東西。我的問題不在這裡。」

哥哥鬆了口氣，反覆說著：「不行，不行。我喜歡什麼事都公平。而且，也得聽聽你太太怎麼說才行。」

「我們說些別的吧。」約瑟夫把手搭在他哥哥的手上，緊緊握著。

17

他們帶著他穿過公寓，讓他看看他離開之後的變化。在其中的一間房裡，他看見一幅從前屬於他的畫。他下定決心要離開這個國家之後，一切都得盡快進行。當時他住在另一個城裡，為了保守秘密，不讓人知道他流亡的意圖，他不能把自己的東西分送給朋友，以免洩漏了心跡。離開的前一夜，他把所有的鑰匙都裝在一只信封裡，寄給他的哥哥。然後，他從國外打電話回來，要他到他的公寓，在政府還沒把他的財產沒收充公之前，把所有合他意的東西統統拿走。後來，他在丹麥安頓下來，新生活的開展讓他很快樂，他哥哥到底從公寓裡搶救了什麼，又如何處置了這些東西，他一點也不想知道。

他望著那幅畫看了好一會兒：那是工人居住的一片貧窮郊區，畫作的用色大膽、充滿想像力，讓人想起二十世紀初的野獸派，像是德漢[9]這類畫家的作品。然而，這幅畫絕不是模仿之作；如果把這幅畫放在一九〇五年巴黎的「秋季沙龍」，跟其他野獸派的作品一同展出，所有人都會因為它的古怪而感到訝異，所有人都會因為這幅來自遙遠異地的畫作所散發的謎樣氤氳而感到驚奇。其實，這幅畫是在一九五五年畫的，那時，社會主義藝術的教條當道，那些教條嚴苛地要求所有作品都必須符合寫實主義：這位熱切擁抱現代主義的創作者，當然也希望自己可以像當時世界各地的畫家那樣畫，也就是說，畫些抽象的東西，可他又想展出他的畫作；結果他找到了一個神奇的交會點，在這個點上，意識形態的最高原則和他作為藝術家的創作慾望奇蹟似地交會，並且相互印證；那些破破爛爛的小屋，召喚著工人們的生命場景，是獻給意識形態的貢品，而那些非寫實的暴烈色彩，則是他送給自己的禮物。

約瑟夫曾經在六〇年代造訪過這位畫家的畫室，那時候，官方的教條已然失勢退位，畫家們已經可以自由地畫一些他們想要的東西了。可是很自然地，約瑟夫就是打從心底喜歡這幅舊作甚於其他新作，而畫家則是對那幅工人野獸派的作品抱有

9. 德漢（André Derain，一八八〇—一九五四）：法國野獸派畫家、雕塑家。

一種屈尊而作的複雜情感，他把畫送給了約瑟夫，毫無不捨之情；他還拿起畫筆，在落款簽名處的旁邊，把畫作題獻給約瑟夫。

「你那時候跟這畫家很熟嘛，」哥哥這麼說。

「是啊。我救活了他那隻鬈毛狗。」

「你會去看他嗎？」

「不會。」

一九八九年過後不久，約瑟夫在丹麥收到一個小包裹，裡頭的照片是畫家的新作，這回，他是在全然自由的情況下創作的：這些畫作跟當年地球上數百萬幅其他的作品無分軒輊；畫家可以誇耀他的雙重勝利了：他獲得了完全的自由，他也和所有人完全一樣了。

「你還是很喜歡這幅畫，是不是？」哥哥問道。

「是啊，這幅畫還是很美。」

哥哥往他太太那邊撇了一下頭：「卡蒂很喜歡這幅畫。她每天都站在畫前面看。」接著又說：「你離開的第二天，不是打電話回來說要把這幅畫送給爸爸嗎。

他把畫放在醫院辦公室的桌子上。他知道卡蒂非常喜歡這幅畫，就在死前把畫留給了她。」他停了片刻，又說：「你沒法想像的，我們這些年過的是什麼樣的苦日子。」

約瑟夫看著嫂嫂，他想起自己從來就沒有喜歡過她。他對她這份陳年的厭惡感（她過去確實讓他很反感），現在顯得有點愚蠢，有點令人後悔。她站在那兒，兩眼盯著那幅畫，臉上帶著一種悲傷無力的表情，約瑟夫則心有不忍地對他哥哥說：「我懂。」

哥哥於是開始跟他說起家裡這些年發生的事，父親長年臥病，幾度垂危，卡蒂也患了病，他們女兒的婚姻失敗，後來他在醫院裡又被一幫人陰謀整肅，他的位子岌岌可危，只因為約瑟夫選擇了流亡之途。

最後一句話並沒有帶著指責的語氣，不過約瑟夫知道，他哥哥和嫂嫂私下提到他的時候，一定懷抱著恨意，並且對他為自己的流亡所提出的薄弱辯詞感到憤怒，當然，他們會認為約瑟夫這麼做是不負責任的：共黨政權不會讓流亡者的父母有好日子過。

18

飯廳裡，桌上的午餐已經準備好了。大家的話突然多了起來，哥哥和嫂嫂想把他不在的時候發生的事統統告訴他。二十個年頭的往事在餐碟上盤旋著，嫂嫂突然對他說：「你也有過幾個狂熱的年頭。那些年，你談到教會的時候可真是嚇人！我們都很怕你喲。」

這話讓約瑟夫吃了一驚。「怕我？」他的嫂嫂說是。他看著她：片刻之前，他還不太認得出這張臉，現在，過去的輪廓浮現了。

要說他們對他感到害怕，其實沒什麼意義，嫂嫂回憶的，不過是他高中時代的往事，也就是他十六歲到十九歲那幾年。當時的他確實很有可能說了些嘲諷信徒的話，不過這些話跟共產黨殺氣騰騰的無神論是不能相提並論的，他的嘲諷不過是針對他的家人，他們從不錯過禮拜日的彌撒，而約瑟夫挑釁的心理就是這麼被家人激起的。約瑟夫在一九五一年通過高中畢業會考，那是革命之後的第三年，他打算去讀獸醫，這想法也是出於相同的挑釁心理：醫治病人，拯救人類的生命，這是他家族最偉大的驕傲（從他祖父開始就是醫生了），可他卻想對他們每一個人說，他喜歡牛甚於人類。然而他的反叛，沒有人讚賞，也沒有人責備；獸醫的社會地位不如醫生那麼耀眼，他的選擇被家人詮釋為缺乏上進心，自願在家族裡屈居次等地位，排在哥哥的後面。

他感到混亂，試圖開口解釋（向他們也向自己解釋）他青澀少年時期的心理狀態，可是話卻出不了口，因為嫂嫂僵住的微笑總是對準他，表達著她對他每字每句永恆不變的不苟同。他知道他根本沒法改變這種狀況；他知道這就像是一條法則：生命擱淺的人們總是轉而投身於圍剿罪人的行伍。罪人，約瑟夫有雙重的理由符合這個身分：做為一個青澀少年，他對上帝出言不遜；做為一個成人，他選擇了流亡。他沒有氣力再去辯解這一切了，外交官性格的哥哥於是把話題轉到了別處。

他的哥哥：當時是醫學院二年級的學生，在一九四八年因為出身資產階級而被逐出大學；為了保有一絲希望，能在日後重拾學業，並且和父親一樣成為外科醫生，他用盡一切方法展現自己對共產主義的認同，甚至到最後，他心也死了，乾脆入了黨，在黨裡頭一直待到一九八九年。兩兄弟的道路從此岔開了：大哥起初讓人逐出校門，接著又被迫放棄了宗教信仰，他覺得自己是受害者（他永遠都會這麼想）；么弟在獸醫學校，比較冷門，比較沒人管，他無需展示什麼效忠政權的東西：在他大哥眼裡，他就像是（而且永遠都是）一個走運的傢伙，總是知道該在何時抽身；他根本就是個逃兵。

一九六八年的八月，俄羅斯的軍隊入侵了這個國家；整整一個星期，每個城市的每條街上，都是憤怒咆哮的聲音。這個國家從來不曾這麼像個國家，捷克人也從來不曾這麼捷克。約瑟夫沉醉在恨意裡，隨時準備以肉身撲向坦克。後來，國家領導人都被抓了起來，在嚴密的戒護之下送到莫斯科，被迫草草達成政治協商，而憤怒依舊的捷克人，則回到家裡去了。約莫十四個月後，在俄羅斯「十月革命」五十二周年的紀念日（他們把這個假日強加給了這個國家），約瑟夫在他開設獸醫診所的小鎮上，坐上汽車往國境的另一端駛去，探望他的家人。到了城裡，他放慢車速；他很好奇，他想看看有多少人家的窗口會飾著紅旗——在這潰敗的一年，紅旗正是臣服的象徵。結果竟然比他預期的還多：張掛紅旗的這些人，或許是因為謹慎、因為某種模糊的恐懼才做出這種違背他們宗教信仰的事，儘管有這層原因，但他們畢竟都是自願這麼做的，沒有人強迫他們，也沒有人恐嚇他們。他在老家的屋前停了下來，他哥哥住的二樓，掛著一面亮豔豔的大旗，紅得嚇人。他在車裡坐了好一會兒，凝望著那面紅旗；然後踩下了油門。在回程中，他作了決定，要離開這個國家。並不是因為他沒辦法在這裡活下去。他大可以平平靜靜地在這兒幫那些牛看病。可他隻身一人，離了婚，又沒有小孩，十分自由。他心想，生命就這麼一回，他想要在別的地方度過此生。

19

午餐快要結束的時候，約瑟夫看著咖啡杯，想著他的畫。他心裡想著該用什麼方法來運送這幅畫？上了飛機，這幅畫會不會太占地方？把畫布從畫框裡拆下再捲起來，是不是會方便些？

他正打算開口提起畫的事，嫂嫂卻對他說：「你應該會去看N吧。」

「現在還不確定。」

「他是你很要好的朋友啊。」

「他一直是我的朋友。」

「四八年那時候，所有人看到他就要發抖的。人民委員哪！不過他幫了你不少忙，不是嗎？你應該要很感激他的！」

哥哥急匆匆地打斷他太太的話，把一個小包裹遞給約瑟夫：「這是爸爸留在身邊，當作紀念你的東西。他過世以後我們才發現的。」

顯然他哥哥就要去醫院上班了；他們的會面即將結束，約瑟夫卻發現，他的畫已經從他們的談話中消失了。怎麼會這樣呢！他的嫂嫂記得他的朋友N，可是他的畫，她竟然忘了？儘管他已經有心理準備要放棄一切遺產，放棄這幢屋子屬於他的那一份，但無論如何，這幅畫是他的，這幅畫是屬於他一個人的，他的名字還在上頭，寫在畫家名字的旁邊！嫂嫂和哥哥，他們怎麼可以，怎麼可以裝作這幅畫不屬於他呢？

餐桌上的氣氛突然變得凝重起來，哥哥趕緊說些好笑的事，約瑟夫卻聽不進去。他決定要討回他的畫，於是專心想著待會要怎麼說，他的目光無意間落在哥哥的腕上，落在他的手錶上。他認得這只手錶：大大的、黑色的、款式有點過時；這只手錶留在公寓裡，哥哥則將之據為己有。不，約瑟夫沒有任何理由為此感到氣憤。一切都過去了，他這麼告訴自己；可是，看見自己的手錶掛在別人的腕上，還是讓他陷入某種奇異不安的情緒裡。他覺得自己像個死者，在過世二十年之後，從墳裡爬了出來，重新回到人間：他用一隻腳怯生生地觸著地面，這腳，已經忘記走路是怎麼回事了；他幾乎認不得他曾經生活過的世界了，他不斷碰上自己遺留在人間的東西，害他跌跌撞撞的：他看見自己的長褲、領帶穿在活人的身上，這些活著的人自然而然、毫無猶豫地把他的東西都瓜分了；他看著這一切卻不發一語：因為死者都是靦腆的。死者的靦腆占據了約瑟夫的心頭，他沒有力氣為他那幅畫發出隻字片語。他站了起來。

「晚上再回來吧，我們一起吃晚飯。」哥哥說。

約瑟夫忽然看見他逝去妻子的臉；他湧起一股亟欲和她說話的渴望。但他不能這麼做：他的哥哥望著他，等著他回答。

「不好意思，我的時間實在太少了，下次再來吧。」他親切地和他們兩人都握了手。

在回旅館的路上，他妻子的臉又出現了，他很生氣地說：「都是妳不好，是妳說我一定得回捷克去的。我根本就不想這麼做，這樣的回歸我根本一點也不想，可是妳卻不同意。我不回去，在妳看來就是沒道理，怎樣都說不過去，甚至是很爛的決定。現在妳還認為自己是對的嗎？」

20

一回到旅館的房間，他就把他哥哥給他的小包裹打開：裡頭是一本他童年的相簿，他的母親、父親、哥哥，還有很多很多的小約瑟夫；他把相簿擱在一旁打算收起來。還有兩本給孩子看的圖畫書；他扔進了垃圾桶。再來是一幅小孩子的彩色鉛筆畫，上頭題了字：「祝媽媽生日快樂」，還有他童稚而笨拙的簽名；他把畫也丟了。然後是一本筆記本。他把筆記本打開：是他高中時代的日記。他怎麼會把日記本留在父母親那裡？

這些手記是在共產黨上台的頭幾年寫的，他原本的好奇心有些失落，他只在日記本上找到一些描述他跟高中女孩約會的文字。早熟的放蕩少年？不是，不是的：他是處男。他隨意亂翻著，然後在責怪某個女孩子的這段話上停了下來：「妳對我說過，愛情裡，不過就是肉體。我的小親親，如果有個男人向妳坦白，他只想要妳的肉體，妳一定會跑著逃開他。然後妳就會知道孤獨的殘酷感受是怎麼回事。」

孤獨，這個字後來經常出現。他要替女孩們描繪關於孤獨的駭人景象，好讓她們愛他，他像神父一般，對她們諄諄教誨：在情感之外，情慾蔓延宛如遼闊的沙漠，我們在沙漠裡憂傷欲絕。

他讀著日記，卻什麼也想不起來。這個陌生人跑出來到底要跟他說什麼？要讓他想起：從前，他用他的名字在這裡生活過？約瑟夫站起來走近窗邊。傍晚的陽光照耀著廣場，這回，高牆上兩隻手的圖像看得清清楚楚：一隻是白人的手，另一隻是黑人的。上頭有三個字母的縮寫，意思是「安全」與「團結」。毫無疑問，這幅畫是一九八九年之後畫的，因為這個國家已經採用了新時代的標語：博愛，所有的種族；融合，所有的文化；團結一切，團結所有的人。

手握著手的海報，約瑟夫以前就看過了！捷克工人握著俄羅斯大兵的手！儘管討厭，這個政治宣傳的圖像屬於捷克歷史的一部分，這是不容爭議的事實，不論捷克人有千百種理由可以緊握或推開俄羅斯或德國人的手！可是黑人的手？在這個國家裡，幾乎沒有人知道黑人在幹嘛。他的母親一輩子也沒碰到過半個黑人。

他望著高懸在天地之間的兩隻巨手，比教堂的鐘樓還大，這兩隻手突兀地給這裡安上了另一種裝飾。他細細看著樓下的廣場，看了好一會兒，彷彿在石頭鋪砌的路面上尋找年少的他和昔日同學漫遊時留下的足跡。

「同學」；他緩緩唸出這個詞，低聲地，呼吸著少年時期的芳香氤氳（極其微弱的！幾乎難以覺察的！），這逝去的年代、迷途的年代，這被遺棄、悲傷如孤雛的年代；他和那個置身法國外省小城的伊蓮娜相反，往事徒然顯露了身影，但他在其中卻沒有感受到一絲愛戀；沒有絲毫回歸的念頭；只保留了一個輕輕的想望；脫離。

如果我是醫生，我會在他的病歷表上，寫下如此的診斷：「此患者有鄉愁不足的問題。」

21

然而約瑟夫可不覺得自己有病，他覺得自己很清醒。對他來說，鄉愁不足的問題，不過是證明過去的生活缺少價值罷了。於是我得修改一下我的診斷報告：「此患者有記憶變形的問題，其記憶傾向受虐，因而變形。」事實上，他只記得他對自己不滿意的情況。他不喜歡自己的童年。可是，當他還是個孩子的時候，不是要什麼有什麼嗎？他的父親不是受到所有病人的景仰嗎？可是為什麼以此為傲的是他哥哥，而不是他？他經常和他的同學打架，打得虎虎生風，可是他忘記了所有的勝利，卻永遠都記得他認為最軟弱的那個同學，有一次竟然把他壓在地上，還高聲從一秒數到十秒。時至今日，他還能在皮膚上感受到那種從地面壓迫在身上的恥辱。還住在波希米亞的時候，每次遇到從前認識的人，他總是很訝異，因為他們總覺得他算是有勇氣的人（他卻覺得自己很怯懦），他們覺得他個性尖刻、愛挖苦人（他卻覺得自己很無趣），他們還覺得他的心地好（他卻只記得自己的小心眼）。

他非常清楚，他的記憶討厭他，他的記憶只會惡意中傷他；於是他努力讓自己不要去相信記憶，他努力對自己的生命寬容一些。可這一切都是徒然的：他回首前塵，感受不到一絲絲的喜悅，因此他儘可能不去做這樣的事。

從他想讓別人相信、也讓自己相信的說法看來，他之所以離開他的國家，是因為他沒有辦法看著自己讓人奴役、讓人侮辱。他說的都是真的，儘管大部分的捷克人都跟他有相同的感受，覺得自己被奴役、被侮辱，但是，他們還是沒有跑到外國去。他們留在自己的國家，因為他們喜歡他們自己，因為他們喜歡自己也喜歡自己的生活，這生活與其運轉之地是分不開的。而約瑟夫的記憶，卻懷抱著惡意，這記憶從來不曾提供他任何東西，讓他的祖國生活帶上一絲珍貴的回憶，於是他越過邊界，腳步輕盈，沒有任何惋惜。

在國外，記憶就不再對他散發有害的作用了嗎？是的；因為在那裡，約瑟夫既沒有理由、也沒有機會去管那些和他離棄的國家相繫的往事；傾向受虐的記憶，其法則正是如此：隨著生命之牆在遺忘之中傾頹，人會逐漸擺脫他不喜歡的東西，然後會覺得更輕、更自由。

尤其在外國，約瑟夫墜入了愛河，而愛情，正是對當下時光的狂熱。他對當下的愛戀驅走了往事，護著他不受往事的侵擾；記憶對他懷抱的惡意未曾稍減，但卻被刻意忽視、刻意隔離，記憶已經對他失去作用了。

22

逝去的時光愈是遼闊，喚人回歸的聲音就愈難抗拒。這樣的說法似乎言之成理，但卻不是真的。人不斷地老去，生命的終局迫近，每一瞬間都變得愈來愈珍貴，根本沒有時間可以拿來浪費在往事上頭。我們必須去理解這個關於鄉愁的數學悖論：少年時期，鄉愁的威力最大，這個時期，過去的生命所占的分量根本就微不足道。

從時光的薄霧之中，我看見一個少女走來，那時約瑟夫還是高中生；少女的身材修長、美麗，她是個處女，而且她很憂鬱，因為她剛剛和一個男孩分手。這是她第一次和情人分手，她因此受苦，可是她的痛苦不如她體驗到時間存在所感受的驚訝來得強烈；她發現時間有一種前所未有的面貌：

直到那天以前，時間在她眼前展示的，都是當下的樣貌，時間向前推進，並且吞噬著未來；或者她害怕時間的快速（當她在等待某個痛苦的事物），或者她跟時間的緩慢進行抗爭（當她在等待某個美好的事物）。可這一次，時間對她來說完全不同了；當下的時間不再以征服未來的凱旋姿態出現；當下的時間被過去擊敗、俘虜、占領了。她看見一個年輕男子從她的生命中剝離，而後遠去，永遠都碰不到了。她被催眠了，她除了望著這段漸漸遠離的生命，什麼事也沒法做，她只能望著這段生命，並且受苦。她體驗到一種新的感覺，叫做鄉愁。

這種感覺，這種無法扼止的回歸慾望，突然之間為她揭開了過去的存在，向她披露了過去的權力，屬於她的過去的權力；她的生命之屋出現了幾扇窗，幾扇向後開的窗，朝向她經歷過的事物；從此，如果沒有這幾扇窗，她的存在就再也無法想像了。

一天，她和新情人（當然，是柏拉圖式的情人）一同走在城郊樹林裡的一條路上；幾個月前，她同舊情人（就是在分手之後，讓她第一次體驗到鄉愁的那個情人）散步的地方正是這條路，這個巧合令她心有所感。她什麼也不想，就逕自往幾條林間路交會處的一座破落小教堂走去，因為就是在那兒，她的初戀情人想要親吻她。一股無法遏制的誘惑邀請著她，去重新經歷那屬於逝去愛情的時刻。她希望這兩段愛情故事可以交會、發生關聯、混雜、互相摹擬，她也希望兩段故事都因為這樣的融合而變得更有分量。

她從前的情人，在此地，試圖停下腳步，將她擁入懷中，她，心底既歡喜又混亂，於是加快腳步，阻止了情人的行動。這一次，事情會如何進展？她現在的情人也放慢了腳步，也準備要擁她入懷！她被如此的重複（被這神奇的重複）炫惑住了，於是她遵從這不可違抗的相似，拉著情人的手，快步向前。

從此，她就任由這些事件的相似性誘惑著她，任由這些屬於當下與過去之間的鬼祟聯繫誘惑著她，她尋找這些回音、這些對稱關係、這些共鳴，好讓她感受到過去存在的事物與現存事物之間的距離，以及屬於她短暫生命的時間維度（如此新穎、如此令人驚異）；她感覺自己走出了青春期，變得成熟，變成大人了，意思就是說：她已經知道時間為何物了，她已經在她後頭留下了一個生命的片段，而且也能夠回首探望這段生命。

一天，她看見她的新情人穿著一件藍色外套向她跑來，她於是想起，她也很喜歡看她的初戀情人穿藍色的外套。又有一次，她的情人看著她，用一種非常奇特的隱喻讚美她的眼睛；她為此深深著迷，因為初戀情人提起她眼睛的時候，也說過這個奇特的句子，一字不差。這些巧合令她感到驚奇。直到此刻，她才初次意識到自己如此沉浸在美麗之中，因為她對過去那段戀情的鄉愁，同她在新戀情裡發現的驚喜，混雜在一起。從前的情人闖入她正在經歷的愛情故事，這對她來說並非秘密的背叛，反倒更增添她對身旁這個情人的愛意。

年紀稍長之後，她會在這些相似之中，看出這一個個情人之間，有著令人懊惱的一致（這些人，要親吻的時候，全都會在相同的地方停下來，他們都有相同的服裝品味，都用相同的隱喻向女人獻媚），她還會看出種種事件之間令人厭煩的單調（這些事不過都是相同事件的永恆重複）；可是，在青春期的時候，她卻把這些巧合視為奇蹟，熱切地想要讀出其中的含意。她現在的情人和從前的情人莫名地相似，這使得現在的情人顯得更特別、更有味道，她相信，這個情人是冥冥之中注定的。

23

沒有，日記中沒有任何關於政治的影射，沒有任何屬於那個時代的痕跡，除了或許有些共產黨執政初期的清教徒思想，帶著鋪襯在背景上，對於多愁善感的愛情的想望。約瑟夫被某種屬於處男的秘密給約制住了：他很容易就有膽量去愛撫一個女孩子的胸部，可是要他去碰那女孩的屁股，就得克服自己的羞恥心了。他在細節方面記得很清楚：「昨天約會的時候，我只鼓起勇氣摸了兩次D的屁股。」

屁股讓他驚惶失措，於是他只好轉而更熱切貪婪地索求感情：「她向我保證她的愛是真的，她承諾的性交是我的勝利……」（顯然，對他來說，性交作為愛情的證物比肉體行為本身更重要）「……但是，我很失望：我們的相會根本沒有一絲狂迷。想到我們共同的生活我就害怕極了。」再過去一點，他寫著：「沒有真正的激情作為根柢，這樣的忠誠多麼令人疲倦哪。」

狂迷；共同的生活；忠誠；真正的激情。約瑟夫在這幾個字上頭停了下來。

對一個尚未成熟的男孩來說，這些字會有什麼樣的意義？這些字既模糊又遼闊無邊，其力量正是存在於這種含混曖昧之中。約瑟夫當時正在到處尋覓他不曾認識、不曾理解的感覺；他在伴侶的身上尋覓（窺伺著她臉上反映的每一絲感情），他在自己的身上尋覓（在永無休止的內省時刻），但卻始終受挫。於是他寫下（約瑟夫應該還記得這段話所蘊涵的驚人洞察力）：「渴望感受對她的憐憫和渴望讓她受苦，其實只是完全相同的一種慾望罷了。」而事實上，他的所作所為正像是被這句話牽引著：為了感受這種憐憫（為了達到屬於憐憫的狂迷），他無所不用其極，就為了看他的女朋友受苦；他折磨她：「我讓她對我的愛產生了一些懷疑。她倒在我懷裡，我安撫她，我沉浸在她的哀傷裡，有那麼一刻，我感到身體迸出一股興奮的火苗。」

約瑟夫試著要去理解這個處男，試著要把自己放進他的軀殼裡，可是他辨不到。多愁善感加上虐待狂，這一切都和他的品味、和他的個性完全相反。他撕下一頁空白的日記，拿起一枝鉛筆抄下那個句子：「我沉浸在她的哀傷裡。」他凝望著兩種筆跡，望了好久：從前的筆跡比較稚拙，但是那些字跟現在寫的字形相同。這份相似讓他很不舒服，令他惱火，令他吃驚。兩個如此異質、如此對立的存在，怎麼會有相同的筆跡？把他和這個毛頭小子造就成同一個人的這種共同本質，究竟是由什麼構成的？

24

處男和女學生都沒有自己的公寓可以讓兩人獨處；她對他承諾的性交只得延遲到遙遠的暑假。他們等待著，他們手牽著手，走在人行道上，走在森林裡的小路上（那個年頭的年輕戀人是永不疲倦的步行者），他們被迫說著不斷重複的話語，摸著對方的小手，而這一切卻漫無目的。在這片沒有一絲狂迷的荒漠裡，他向她宣告，有那麼一天，他們的分離將是無可避免的，因為他不久之後就要搬家到布拉格去了。

約瑟夫被他讀到的東西嚇了一跳；搬家到布拉格？這個計畫根本就不可能，他的家人從來沒有想過要離開他們的城市。霎時間，這段往事從遺忘之中浮上心頭，栩栩如生，令人感到不舒服：他在森林裡的一條小路上，站著，面對這個女孩，正跟她說起布拉格！他說他要搬家，可他在說謊！他清清楚楚地記得他心裡明知自己正在說謊的感覺，他看著自己在說話、在撒謊，為了讓女學生流淚而撒謊！

他讀著：「她一邊抽噎，一邊吻著我。我極其注意她每一次痛苦的表現，我很後悔沒能記得她究竟抽噎了幾次。」

真是這樣嗎？「極其注意她每一次痛苦的表現」，他還數了她抽噎的次數！這個一邊施刑一邊計帳的傢伙！這是他感覺、經歷、享受、成就愛情的方法！他把她摟在懷裡，她抽噎著，而他細數著！

他繼續讀下去：「後來她平靜下來，對我說：『我現在理解這些至死都維持著忠誠的詩人了。』她仰起頭望著我，她的嘴唇顫抖著。」日記本上，「顫抖」兩個字的底下畫了線。

女學生的反應和她顫抖的嘴唇，約瑟夫已經不記得了。唯一鮮活依舊的一幕往事，就是他扯謊宣稱要搬家到布拉格的那一刻，除此之外，其他事情沒有一件留在他的記憶裡。他想要儘可能清晰地想起這個少女的輪廓，這個充滿異國情調的少女，她的靠山不是歌手，不是網球選手，而是詩人；一些些「至死都維持著忠誠」的詩人！這小心翼翼記錄在日記本上的句子，他細細品味著其中時光錯置的情調，他覺得自己越來越愛這個女孩了，她那老舊過時的樣子多麼甜美。他唯一要責備她的事，就是她竟然愛上一個惹人厭的毛頭小子，而這傢伙只想折磨她。

啊，這個毛頭小子；他看見他盯著少女的嘴唇，她顫抖的嘴唇不顧她的存在，她的雙唇不受控制，無法控制！結果他還因此而興奮，彷彿看到了一場性高潮（他一無所知的女性性高潮）！說不定他還勃起了！顯然是的！

真是夠了！約瑟夫往下翻了幾頁，知道女學生正準備跟班上同學到高山上去滑雪一個星期；毛頭小子抗議了，威脅說要分手；女學生解釋說，這是學校規定課程的一部分；他什麼也不想聽，只是一逕在那兒大發雷霆（又是一次狂迷！因為憤怒而狂迷！）：「如果妳去的話，我們之間就結束了。我說到做到，結束！」

她回答了什麼？聽到他歇斯底里的爆發，她的嘴唇是否顫抖了？當然沒有，因為這不受控制的嘴唇運動，這種屬於處女的性高潮，總是讓他那麼興奮，他不可能不提它一筆。很顯然，這一次，他高估了自己的能力，因為後頭再也沒有任何提到這個女學生的記事了。接下來，描述的是一些索然無味的約會，對象是另一個女孩（他幾行幾行跳著讀），然後這本日記就隨著高中七年級的結束而告終了（捷克的高中一共有八年），說得精確些，那時候有個年紀比他大的女人（這女人，他記得很清楚）讓他發現了肉體的愛，並且將他的生命放進不同的軌道；這一切，他在日記裡隻字未提，日記沒能在它的作者失去童貞之後繼續下去；他生命裡很短的一個章節就這麼寫完了，沒有續集，也無足輕重，就這樣讓人擱在陰暗的角落裡，跟一些被人遺忘的東西放在一起。

他動手把日記本撕成碎片。動作顯然過度誇張，沒什麼幫助；但他感受到一股慾望，他想要盡情發洩心底的憎惡；他想要把這個毛頭小子化為烏有，免得哪一天（誰知道會不會出現在噩夢裡）他和他給搞混了，害他為了他而遭人譏笑嘲罵，害他為了他說的話、他做的事，成為代罪羔羊！

25

這時，電話鈴聲響了。他想起在機場邂逅的女人，然後接起電話。

「您不認得我的聲音了吧？」他聽到電話那頭這麼說。

「怎麼會，怎麼會，妳的聲音我認得很清楚，可是妳幹嘛那麼客氣，還跟我說『您』呢？」

「你喜歡的話，我就說『你』囉！不過你不可能會知道你在跟誰說話。」

沒錯，她不是機場的那個女人，現在說話的這個女人屬於那些厭膩的聲音，音質裡帶著讓人不舒服的鼻音。他陷入了尷尬之中。那女人自我介紹：是他前妻在第一次婚姻裡生下的女兒，他和那女人共同生活幾個月就離婚了，那段婚姻距今也三十年了。

「確實，我不可能知道我在跟誰說話，」他這麼說，帶著乾笑。

自從離婚以後，他就再也沒見過她們，沒見過他的前妻，也沒見過他前妻的女兒。在他的記憶裡，前妻的女兒一直是個小女孩。

「我有事得跟您談一談。我是說，跟你談一談，」她改了口。

他很後悔跟她用「你」互稱，這樣的親近讓他感到不舒服，不過也沒辦法了：

「妳怎麼知道我在這裡？沒有人知道啊。」

「總是有人知道罷。」

「誰會知道？」

「你嫂嫂。」

「我不知道妳認識她。」

「媽媽認識她。」

這下，他明白了，這兩個女人自動自發地成了盟友。

「所以，妳是替妳媽媽打電話給我的囉？」

那厭膩的聲音變得很堅持：「我有事得跟你談一談。我一定得跟你談一談。」

「是妳還是妳媽媽要談？」

「是我。」

「妳先跟我說，是哪方面的事？」

「你到底要不要見我？」

「我請妳告訴我，是關於哪方面的事？」

那厭膩的聲音變得具有攻擊性了：「如果你不想見我，那就直接說吧。」

他討厭她的堅持不懈，可是又沒有勇氣回絕她。把見面的理由弄得神秘兮兮，這是前妻的女兒挺有效的一個詭計：他因此感到不安。

「我只回來幾天，行程很緊湊，真有必要的話，我也只能挪出半個小時……」然後他跟她約了離開的那天，要她來布拉格的一家咖啡館見面。

「你不會來的。」

「我會。」

他掛上電話，覺得有種噁心的感覺。她們能從他這裡要到什麼？一些建議嗎？通常人們需要建議的時候，攻擊性不會這麼強。她們就是想來煩他。證明她們的存在。浪費他的時間。如果真是這樣，他幹嘛答應要見面？為了好奇嗎？才不是呢！他是因為害怕才讓步的。他被一種古老的反射模式給壓倒了：為了自衛，他總是希望能及時知道一切。可是他要自衛什麼呢？在今天這個年頭？防衛的對象是誰？當然，這裡沒有任何危險。事情其實很簡單，他前妻女兒的聲音帶著舊時記憶的霧氣包圍了他：偷情；父母親的管教；流產；淚水；誹謗；訛詐；感情的攻擊性；憤怒的場景；匿名信；門房的陰謀。

被我們扔在後頭的生命有個壞習慣，它會從暗處跑出來，它會抱怨我們，它會審判我們。距離波希米亞遠了，約瑟夫就忘了過去有多重要，可他的過去還是一直在那兒，等著他，觀察著他。約瑟夫覺得很不自在，努力去想別的事。可是，一個人跑來看望屬於他過去的國家，如果不去回想過去，還能想些什麼？剩下來的兩天，他要做什麼？到他從前開獸醫診所的城裡去看看？到他從前住的房子前面站一站，感動一下？他一點也不想這麼做。在他的舊識裡，有沒有哪個人是他真心想見的？N的影像浮現了。從前，狂飆的革命分子控訴當時還很年輕的約瑟夫，罪名只有天知道（那些年，所有人都被控訴了，不是在這個時候，就是在另一個時候，罪名只有天知道），那時候，N是大學裡頗有影響力的共產黨員，他幫約瑟夫把事情擋了下來，也沒有把約瑟夫的政治見解和家庭背景放在心上。他們就這樣成了好朋友，如果約瑟夫有什麼該自責的，那就是他在流亡期間幾乎忘了N這個人。

「人民委員哪！所有人看到他都要發抖的！」他的嫂嫂曾經這麼說，言下之意是約瑟夫曾經為了利益，跟一個當權派交情匪淺。被偉大歷史年代撼動的這些可憐國家啊！戰鬥終結了，所有人都蜂擁著要在過去的歷史裡頭出征伐罪，在過去的歷史裡頭圍剿罪人。然而誰是罪人？一九四八年贏得政權的共產黨員嗎？還是他們無能的對手，也就是輸掉政權的那批人？所有人都圍剿著罪人，所有人也都被圍剿著。約瑟夫的哥哥為了能夠繼續他的學業，於是入了黨，他的朋友都指責他被野心沖昏了頭。這使得他更加厭惡共產黨，因為他把自己的怯懦歸咎於共產黨，而他的妻子則把自己的恨意指向諸如N這類的人。N是馬克思主義的信徒，在革命之前就已信仰堅定，N因為自由意志（所以，沒有任何可以原諒的理由）而投身其中，催生了嫂嫂心底認定的極惡勢力。

電話再度響起。他接了起來，這次，他很確定自己認得這個女人的聲音：「終於來了！」

「啊，好高興聽到你說『終於來了』！你在等我的電話嗎？」

「迫不及待地等著呢。」

「真的嗎？」

「我本來心情壞透了！一聽到妳的聲音，一切就變得不一樣了！」

「聽你這麼說，真開心！多希望你就在這裡，跟我在一起，在我身邊。」

「不能出現在妳身邊，真讓人懊惱。」

「你覺得懊惱？真的嗎？」

「真的。」

「你離開之前我會見到你嗎？」

「會啊，妳會見到我的。」

「你確定嗎？」

「確定啊！後天我們倆一起吃個午飯！」

「好啊。」

他把布拉格的飯店地址告訴了她。

他掛上電話，目光落在撕碎的日記本上，那個本子已經變成桌上的一堆破紙了。他把整堆廢紙拿起來，愉快地扔進垃圾桶。

26

早在共產黨倒台的三年前，古斯塔夫就幫他的公司在布拉格設了一個辦公室，但他每年只到那兒待上幾次。才這麼幾次，就讓他愛上這個城市了，也讓他發現了一個過日子的好地方；這不只是因為他對伊蓮娜的愛，也因為（或者該說，更是因為）他覺得待在布拉格的時候，他跟瑞典、跟家人、跟過去生活一刀兩斷的感覺，比待在巴黎的時候更強。於是，當共產主義出人意料地在歐洲消失了蹤影，他就毫不遲疑地將布拉格設定為他的公司攻占新興市場的戰略要點。他買下一棟華麗的巴洛克式樓屋，把辦公室設在那裡，還在頂層留了兩個房間給自己。在此同時，伊蓮娜獨居在郊區別墅的母親也把二樓整層都留給了古斯塔夫，只要他高興，他還可以換個地方住。

布拉格，在共產時代沉睡、遭人冷落，如今，這城市在他眼前甦醒了，到處都住滿了觀光客，新商店和餐廳四處閃耀，一幢幢重新修復、重新上漆的巴洛克式樓屋妝點著整個城市。「Prag is my town!」[10]他大聲讚嘆。他愛上了這個城市：他不是像愛國者那樣，在祖國的每個角落尋找他的根頭、他的回憶、他過世親人的足跡，而是像個旅人，任由自己驚訝、讚嘆，像在一場園遊會裡閒逛的孩子，被種種新奇的東西迷惑住，從此不願離去。他讀了布拉格的歷史之後，經常對著那些有興趣聽講的人夸夸其辭、侃侃而談，述說著布拉格的街道、布拉格的華麗建築、布拉格的教堂，還沒完沒了地談論著布拉格閃耀的明星：像是魯道夫大帝[11]（畫家和煉金術士的庇護者），像是莫札特（照人們的說法，他在布拉格有個情婦），像是弗蘭茨·卡夫卡（他在這城市度過了愁苦的一生，卻因為所有旅行社的共同努力，成了這個城市的主保聖人）。

布拉格以一種出人意料的速度，遺忘了俄羅斯的語言。四十年來，俄語是所有布拉格居民從小學開始就得學習的語言，如今布拉格迫不及待地想要站上世界的舞台接受掌聲，於是向路人展示著妝點了英文標示的城市容貌：skateboarding、

10.「布拉格是我的城鎮！」

11. 魯道夫二世（Roldophe II）於一五七六年至一六一一年間統治神聖羅馬帝國，在位期間，布拉格成為歐洲的重要城市。他最著名的事蹟就是邀攬文藝復興時期最重要的義大利、荷蘭、德國畫家齊集於布拉格宮，並且在宮廷的幽秘之處安置煉金術士。

snowboarding、streetwear、publishing house、National Gallery、cars for hire、pomonamarkets[12]……諸如此類。在他公司的辦公室裡，所有員工、合夥人、有錢的顧客，統統都跟古斯塔夫說英語，結果捷克語淪落到像是某種不屬於人類的喃喃自語，變成某種背景音效，在這片音效中，只有盎格魯撒克遜的音素以人類話語的姿態顯露出來。同樣的，有一天，伊蓮娜飛來布拉格，古斯塔夫到機場接她，他開口說的不再是他們之間慣用的法文問候語「Salut!」，而是「Hello!」。

突然之間，一切都變了。讓我們回想一下伊蓮娜在馬丹死後的生活吧：再也沒有人可以跟她說捷克語了，她的兩個女兒拒絕把時間浪費在一個如此明顯無用的語言上；於是法語成了她每天生活都得用到的語言，是她唯一的語言；所以她要她的瑞典情人講法語是再自然不過了。如此的語言選擇也給他們分配了角色：由於古斯塔夫的法語說得不好，在這對戀人之間，伊蓮娜就成了引領話頭的人；她沉醉在自己的滔滔辯才裡：天哪，過了這麼長久的時間，她終於可以說話了，終於可以說話而且有人聽了！她在口頭的優勢，平衡了他們之間的權力關係：平日，她完全倚賴古斯塔夫，可是說話的時候，她在屬於她的世界裡，支配他，並且訓練他。

但是，布拉格改變了這對戀人使用的語言；古斯塔夫說英語，伊蓮娜則試著繼續堅持她的法語，她覺得自己和這個語言越來越有感情，但卻沒有任何外在條件的支持（法語在這個從前對法國頗為友善的城市裡，已經不再有吸引力了），最後她投降了；他們的關係翻轉了：在巴黎，古斯塔夫曾經專心聆聽，聽著伊蓮娜渴望說話的聲音；在布拉格，古斯塔夫成了說話的那個人，他成了一個偉大的講者，一個長篇大論的講者。伊蓮娜英文不好，古斯塔夫說的，她只聽得懂一半，而她又無心為此付出努力，結果，她聽進去的話很少，跟古斯塔夫說的話更少。她偉大的回歸顯得很是奇怪：在街上，周圍都是捷克人，那種屬於從前的熟悉氣息吹拂著她，一下子就讓她開心起來；然後，她回到家裡，卻成了個外國人，不發一語。

連綿的談話可以撫慰戀人的心，話語連綿成一陣旋律怡人的輕風，為逐漸衰頹的肉體愛慾，覆上了一層遮掩的薄紗。話語中斷的時候，肉體愛慾不在的事實霎時浮現，宛如幽靈。面對伊蓮娜的沉默，古斯塔夫失去了自信。從此，和伊蓮娜見面

12. 滑板、滑雪板、休閒服飾、出版社、國家美術館、汽車出租、水果市場。

的時候，他寧可有她的家人在場，她母親在場，她同母異父的弟弟在場，她弟弟的妻子也在場；他和他們一家人在別墅或在餐廳一起吃晚飯，他把他們的陪伴當成一道屏障、一個避難所，他在這樣的陪伴之中尋找平靜。他們從來不會為了聊天的話題不夠而煩惱，因為他們能夠從一個主題發展出來的東西實在很少：他們的詞彙有限，而為了讓人了解，他們全都得慢慢說，並且一再重複。古斯塔夫終於再度找回他的安詳自在；這種慢板的吱吱喳喳正合他意，很讓人放鬆，讓人覺得舒服，甚至愉悅（多少次，他們為了那些荒腔走板的英文而笑！）。

許久以來，伊蓮娜的眼裡空無慾望，然而習慣使然，這雙眼睛還是一直張得大大的，望著古斯塔夫，害他覺得很尷尬。為了把線索搞亂，遮掩自己在情色方面的退縮，古斯塔夫開始熱中於一些放蕩的趣聞八卦、一些逗人開心的曖昧雙關語，他高聲地笑著、說著。伊蓮娜的母親是他的最佳盟友，隨時都可以跟他一搭一唱，用她那孩子般的英語，用非常誇張、非常滑稽的腔調模仿他，大聲說著一些下流猥褻的笑話。聽著他們說的話，伊蓮娜有一種感覺：情色這回事已然萬劫不復，成了小孩子打打鬧鬧的可笑把戲了。

27

自從在巴黎遇見約瑟夫，她心裡想的都是他。她不斷回想起當年他們在布拉格的短暫情緣。她和朋友們一起待在酒吧裡，他也在那兒，他風趣、迷人，而且只對她一個人示好。當大家從酒吧走出來，到了街上的時候，他故意設計讓兩人可以獨處。他把一個小煙灰缸塞進她的手裡，那是他為她在酒吧裡偷的，後來這個她才認識幾小時的男人邀她回家。她跟馬丹已經訂了婚，沒有勇氣接受這個邀請，於是拒絕了。可是拒絕的話才出口，心底立刻湧上一股懊悔，如此猛烈，如此椎心，她永遠也無法忘懷。

而且，在踏上流亡路之前，她挑揀哪些東西要帶，哪些東西不帶的時候，她還把這只酒吧的小煙灰缸放進行李箱；到了國外，她也常把煙灰缸放在手提袋裡，偷偷帶著，當作是護身符。

她記得，在候機室裡，他用一種既嚴肅又奇怪的語氣對她說：「我是一個絕對自由的人。」她有一種感覺，他們在二十年前開始的愛情故事，不過是推遲到兩人都成了自由身的時刻。

她還記得他說的另一句話：「我會經過巴黎，完全是偶然」；偶然，這是用另一種方式在訴說：命運；他就是得要經過巴黎，他們的愛情故事才能在中斷之處繼續下去。

她手裡拿著行動電話，她從她所在的每一個地方撥電話給他，在不同的咖啡館裡撥，在朋友家裡撥，在街上也撥。旅館的電話是對的，但約瑟夫始終不在房裡。一整天，她都想著他，而由於對反的事物總會相吸，她也想著古斯塔夫。經過一家紀念品商店的時候，她看見櫥窗裡有件T恤，上頭印了一個陰鬱愁苦的頭像，一副肺癆的模樣，還有一行英文字寫著：「Kafka was born in Prague.」[13] 這T恤實在蠢透了，她看了喜歡，就買了下來。

傍晚，她回到家裡，心裡想著可以靜靜地打個電話給約瑟夫，因為星期五古斯塔夫總是很晚才回來；沒想到，他竟然和母親在樓下，整個客廳都是他們吱吱喳喳的捷克英語，混雜著沒人看的電視發出的聲響。她把一個小包遞給古斯塔夫：「這是給你的！」

然後她讓他們兩人在那兒欣賞禮物，自己上了二樓，關在廁所裡。她坐在馬桶邊上，把電話從袋子裡拿出來。她聽到他說「終於來了！」她滿心歡喜地對他說：「多希望你就在這裡，跟我在一起，在我身邊。」說完這些話，她才意識到自己這會兒坐在哪裡，她臉都紅了；不由自主地說出這麼些輕浮的話，她自己也嚇了一跳，但轉瞬間卻又興奮起來。此時此刻，是這麼多年來她第一次覺得自己背叛了瑞典情人，還因此感受到一種墮落的快感。

她下樓走到客廳，古斯塔夫穿著T恤，放聲哈哈大笑。這場面，她熟悉得很：戲謔地模仿著勾引的行徑、誇張的蠢笑話：這是給情慾熄滅的老人專用的替代品。母親拉著古斯塔夫的手，向伊蓮娜宣告：「我沒經過妳的同意，就幫妳心愛的人穿上這衣服了。是不是很帥啊？」母親和古斯塔夫一同轉過身子，對著一面固定在客

13.「卡夫卡生於布拉格！」

廳牆上的大鏡子。母親望著他們在鏡子裡的影像，舉起古斯塔夫的手臂，彷彿他是奧林匹克運動會什麼競賽項目的獲勝者似的，而古斯塔夫也乖乖地跟著玩了起來，他面對鏡子鼓起胸膛，用他響亮的聲音高呼：「Kafka was born in Prague!」

28

她跟初戀情人分手的時候，沒有太大的痛苦，可是跟第二個分手的時候就慘多了。她聽到他說：「如果妳去的話，我們之間就結束了。我說到做到，結束！」她什麼話也說不出來。她愛他，可是他卻把這樣的字眼扔在她臉上，這種事在片刻之前，根本是無法想像、無從說起的：他們要分手。

「我們之間就結束了。」結束。他向她保證了結束，那她，她該向他保證什麼？他的話裡帶著威脅，她的話裡也會有相同的東西：「好啊，」她緩緩地、莊重地說。「那麼，這就是結束了。我也向你保證，我們之間結束了，你好好記清楚了。」然後，她轉身就走，留下他一個人杵在街頭。

她受傷了，可是她生他的氣嗎？說不定根本沒有。當然啦，他應該多體諒別人一點，畢竟她不能不去旅行，是很清楚的一件事，這是學校規定的。或許她應該勉為其難，假裝生病，但以她誠實笨拙的個性看來，這種事她也做不來。他確實是太誇張、太不講理了，但她知道他之所以會這樣，是因為他愛她，她很清楚他的嫉妒心：他想像她跟別的男孩子在山裡，他為此感到痛苦。

她沒辦法真的生氣，她在學校門口等他，她要用世上最真誠的心意向他解釋，她不能照他的話去做，但他也沒有任何理由好嫉妒；她很確定，他不可能不理解的。在校門口，他看見她在那兒，於是故意停下來等個同學一起走。失去了單獨面對面的機會，她只好跟著他一路走到街上，等他和同學分手，她馬上快步走向他。可憐的女孩啊，她早該想到自己已經全盤皆輸了，一股狂亂的念頭控制著她的男友，狂亂的念頭緊緊地攫著他，不再鬆手。她才一開口，他就把話打斷了：「妳改變心意了？妳不去旅行啦？」她開始第十次解釋同一件事情，這次掉頭就走的是他，留下她一人獨自站在街心。

她再次跌落深深的憂傷裡，但始終不曾對他有絲毫憤怒。她知道，愛情的意義就是要將一切獻給對方。一切：這是最重要的基本詞彙。一切，所以不只她答應要給他的肉體的愛，還包括了勇氣（面對各種大事和小事的勇氣），也就是說，甚至連違反學校的一則可笑規定，這種微不足道的勇氣也包括在內。她很慚愧，因為她發現了，即使她的愛這麼強，還是無法找到這種勇氣。這實在太荒唐了，荒唐得令她想哭：她可以為他獻出一切，她的童貞當然可以，而且如果他要的話，她也可以犧牲自己的健康，只要他想得到的，她都可以為他犧牲。可同時，她卻無法違抗一個不值得一提的校長。她該讓自己被這樣的卑微壓倒嗎？她對自己的不滿，到了無法忍受的地步，她決定不惜任何代價來擺脫這種感覺；她要攀到一個崇高的位置，讓她的卑微消失；在這種崇高之前，他終將低頭；她想要去死。

29

死；決心求死；這對一個十幾歲的人來說，比起成年人容易多了。什麼？死亡從十幾歲的人身上所剝奪的未來，分量不是多得多嗎？當然是的。不過，對年輕人來說，死亡是一件遙遠、抽象、不真實的事，年輕人並不是真的相信死亡。

她怔在那兒，望著她破碎的愛情，望著她生命中最美麗的片段，緩緩遠離，永遠地；對她而言，除了這段過去，沒有任何事物是存在的；她想要展現自我的對象是他，她想要說話、想要傳遞訊號的對象是他。她對未來不感興趣；她渴望永恆；永恆，那是停下來的時光，那是靜止不動的時光；未來讓永恆變得不可能；她渴望把未來化為烏有。

但是在一群學生當中，在山裡的一家小旅館，時時在眾人的目光注視之下，要如何才能死去呢？她想到辦法了：她可以跑到旅館外頭，往山裡頭走遠，走得非常遠，而且要走到遠離山路的地方，然後躺在雪地裡睡去。死亡會在睡眠中到來，死亡會隨著冰封而來，死亡如此甜美，毫無痛楚。她只要度過一小段寒冷的時間就成了。她還可以藉助幾顆安眠藥來縮短捱寒的時間。她在家裡好不容易才找到一只裝安眠藥的小管子，從裡頭拿了五顆，她沒多拿，這樣媽媽才不會發現。

她用她最實際的想法來策畫著死亡。晚上出門，夜裡死去，這是她最初的想法，但是又被她推翻了：晚餐的時候，人們在飯廳裡，一下子就會發現她不見了，就算吃飯的時候沒發現，回到寢室一定會發現的；這樣她就沒有足夠的時間死了。慧黠的她，選擇了午餐之後、滑雪之前，大家午睡的時刻：在這小憩的短暫片刻裡，她的消失不會引起任何人注意。

難道她沒有發現，這微不足道的原因和那影響巨大的行動之間，有一種不成比例的關係，令人憂心？難道她不明白，她的計畫很極端嗎？她當然知道，但是吸引她的，正是這種極端。她不想做個講道理的人。她不想讓自己的所作所為那麼有分寸。她不想要任何分寸，她不想講道理。她讚賞自己的激情，她知道激情，它的定義就是極端。她沉醉著，她不想從沉醉之中醒來。

她選定的日子終於來了。她走出旅館。門外掛著一只溫度計：零下十度。她上路了，她發現自己沉醉的心情被焦慮取代了；徒然，她尋找著心裡的著迷，徒然，她召喚著那些曾經在她的死亡夢裡陪伴她的想法；但是，她還是繼續走她的路（此刻，她的同學們正在睡規定要睡的午覺），彷彿在完成一項自己交付給自己的工作，彷彿在演出一個自己給自己指定的角色。她的靈魂是空的，沒有絲毫感覺，就像一個背誦著台詞卻不再思考台詞內容的演員。

她走上一條山路，路上白雪皚皚，再過不久，就要上到山脊了。頭頂的天空很美；白雲朵朵，綴著陽光，透著金黃，十分鮮活，雲彩降了下來，覆在周圍的山頭形成的大圓圈上，宛如一頂巨大的皇冠。真是美麗，真是迷人，她感覺到一陣短暫的幸福，非常短暫，讓她一時忘了此行的目的。短暫的感覺，非常短暫，太短暫了。她把藥片一顆接著一顆吞了下去，然後，依照她的計畫，她走下山脊，往一片森林走去。她走入一條小徑，十分鐘之後，她發現睡意來了，她知道，結束的時刻到了。太陽在她的頭頂，明明燦燦，明明燦燦。彷彿，剎那之間，掀開了一片窗帘，她的心因為恐懼而緊抽。她覺得自己被困在一個亮晃晃的舞台上，而台上所有的出口都封閉了。

她坐在一棵樅樹下，打開她的袋子，從裡頭拿出一面鏡子。這是一面圓形的小鏡子，她把鏡子拿在面前，端詳著。她很美麗，非常美麗，她不想丟下這樣的美麗，她不想失去它，她想把它帶在身上，啊，她已經疲倦了，如此地疲倦，即使那麼疲倦，她還是為了自己的美麗而狂迷，因為，這是她在這個世界上擁有的，最珍貴的東西。

她望著鏡子裡的自己，然後發現自己的嘴唇顫著。這是一種不受人控制的動作，一種抽搐。她已經在自己身上發現這種反應好幾次了，她的臉上感受得到這股輕顫，可這是她第一次親眼看見這樣的反應。她看著，覺得加倍地感動；她為了自己的美麗而感動，為了撼動她美麗、扭曲她美麗的這股感情而感動；她為自己的美麗而感動，因為她的身體為之哭泣。一股巨大無垠的憐憫襲上心頭，憐憫她那即將消逝的美麗，憐憫那也即將消逝的世界，這世界，已然，不存在了，這世界，已然，碰觸不到了，因為睡意來了，帶著她，一同飛翔，飛得很高，非常高，飛向這片巨大無垠又令人盲眇的亮光，飛向藍天，明明燦燦的藍天，無雲的天篷，紅熒焰焰的天篷。

30

當他哥哥對他說：「就我所知，你在那兒結了婚」，他答了聲：「是」，什麼話也沒多說。或許，只要哥哥換個說法，只要他不是說「你結了婚」，而是問道：「你有太太嗎？」或許在這樣的情況下，約瑟夫會這麼回答：「沒有，我太太過世了。」他無意欺騙他哥哥，但哥哥說話的方式，讓他可以在不說謊的情況下，絕口不提他妻子已經過世。

後來聊天的時候，他的哥哥和嫂嫂都避免提到他的妻子。顯然，是因為尷尬：過去，為了安全上的顧慮（為了避免讓警方傳喚），他們儘可能與流亡在外的親人杜絕所有的接觸，他們甚至沒有察覺，如此被迫而生的謹慎，到頭來竟轉變為一種自然而然的漠不關心：他們對他的妻子一無所知，不知道她的年紀，不知道她的名字，也不知道她是做什麼的。藉著沉默，他們想把他們在這方面的無知掩飾過去，這無知，透露了他們和約瑟夫的關係裡的一切不幸。

約瑟夫卻不以為忤；他們對此的無知正合他意。自從他把妻子埋葬以後，當他不得不告訴別人關於妻子死訊的時候，他總是覺得很不自在；彷彿這麼做，就是在最私密的內心深處背叛了妻子。不提妻子的死，他總是有一種保護著她的感覺。

因為死去的這個女人是毫無自衛能力的；她不再有權力，不再有影響力；人們不再尊重她的意願，也不再尊重她的喜好；死去的這個女人什麼也沒法兒要，無法企求任何尊重，無法反駁任何詆毀。他從來不曾因為她而感到如此痛苦、如此折磨人的愛憐，直到她死去。

31

鍾納斯・霍古齡森[14]是一位偉大的浪漫派詩人，同時也是一個為了冰島獨立而奮戰不懈的偉大鬥士。十九世紀的歐洲，所有小國家都出過這樣的浪漫派愛國詩人。匈牙利的佩托斐（Petöfi）、波蘭的米奇維茲（Mickiewicz）、斯洛維尼亞的普列斯朗（Preseren）、波希米亞的馬哈（Mácha）、烏克蘭的契夫成訶（Chevtchenko）、挪威的維爾濟蘭（Wergeland）、芬蘭的隆若特（Lönnrot），其他的就暫且不表了。當時，冰島是丹麥的殖民地，霍古齡森在丹麥首都度過他生命的最後幾年。所有偉大的浪漫派詩人，除了是偉大的愛國者之外，還都是偉大的酒徒。一天，霍古齡森爛醉如泥，從樓梯上摔了下來，跌斷了一條腿，傷口感染，後來就死了，讓人給埋在哥本哈根的一個墓園裡。時間是一八四五年。九十九年後，也就是一九四四年的時候，冰島共和國宣布獨立。從此，一切事情的進展速度都加快了。一九四六年，詩人的靈魂跑到冰島一位有錢的工業家那兒託夢，他在夢裡向他傾訴：「這一百零一年以來，我的骨骸躺臥在異鄉，躺臥在敵人的國度裡。難道讓它回歸自由的伊塔卡，讓它回歸祖國的時機還沒到嗎？」

這位因詩人靈魂夜訪而受寵若驚的工業家，於是著人將詩人的骨骸從敵人的土地裡挖掘出來，運到冰島，打算要埋在詩人誕生的美麗山谷裡。但是，誰也沒法阻止一切事情以瘋狂的速度進展：在辛格維利[15]難以描述的美麗景致裡（這是千年之前，冰島首次在蒼穹之下召開國民議會的聖地），這個嶄新共和國的全體閣員為他們祖國的偉人們造了一個墓地；他們把詩人從工業家的手中奪走，然後將他葬在辛格維利的先賢祠，當時的先賢祠裡只有另一位偉大詩人艾因納．班內迪克岑[16]的墓穴（小國家總是有一大堆偉大的詩人）。

然而事情還是急匆匆地往前衝，過沒多久人們就知道了一件工業家不敢承認的

14. 鍾納斯．霍古齡森（Jonas Hallgrimsson，一八〇七—一八四五）：冰島作家、科學家，是十九世紀冰島人最喜愛的詩人。
15. 辛格維利（Thingvellir）是冰島最早的國民議會所在地，也是冰島的兩塊陸地分開之處。
16. 艾因納．班內迪克岑（Einar Benediktsson，一八六四—一九四〇）：冰島詩人、民族主義實業家。

事：工業家楞在哥本哈根那個打開的墳前，心裡惶惶不安：詩人跟一堆窮人葬在一起，他的墳墓連個名字都沒有，只有一個編號，而愛國的工業家，面對著好幾具搭纏交穿的骨骸，不知該挑哪一具。工業家面對那些管理墓地的小雇員，看到他們的臉色既嚴厲又不耐煩，工業家也不敢表露出內心的猶疑。結果他帶回冰島的並非那位冰島詩人，而是一個丹麥的屠夫。

在冰島，人們起先想把這淒涼可笑的錯誤當作秘密，可事情卻依著原來的速度進展，一九四八年，冒冒失失的霍鐸．拉克司涅斯[17]在一本小說裡洩漏了這個秘密。怎麼辦呢？也沒什麼好說了。霍古齡森的骨骸於是長眠於他的伊塔卡之外，遙遙兩千公里，躺臥在他敵人的國度裡，而那個丹麥屠夫（他雖然不是詩人，但也是個愛國者）的屍體，則被流放到一個冷冰冰的島嶼。在屠夫生前，這島嶼在他心裡激起的，盡是恐懼和厭惡之情。

即使被當作秘密遮掩著，事情的真相還是導致了辛格維利的美麗墓地從此不再埋葬任何人，於是那兒就只覆蓋著兩具棺木，辛格維利的先賢祠因此成了世上所有的先賢祠——這些展示著驕傲的荒誕博物館——裡頭，唯一能觸動我們內心的一座。

很久以前，約瑟夫的太太把這個故事說給他聽；他們都覺得這故事很好玩，從中也似乎很容易得出一個道德上的教訓：死者的屍骨在哪裡，人們根本就不在乎。然而，隨著妻子的死亡迫近、無可避免，約瑟夫的想法改變了。突然之間，他覺得丹麥屠夫被人硬帶到冰島的故事不再好玩，而是非常駭人。

17. 霍鐸・拉克司涅斯（Halldór Laxness，一九〇二—一九九八）：冰島小說家，一九五五年諾貝爾文學獎得主。

32

他常想著，要在妻子死去的時候和她一同結束生命。長久以來，這念頭在他心裡變得越來越熟悉。這樣的想法並非起自浪漫的執迷，反而該說是理性思維的結果：他曾經決定，如果妻子得了致命的疾病，他要縮短她的痛苦；而為了不要被控謀殺，他打算讓自己也死去。後來，他妻子真的病入膏肓，痛苦不堪，約瑟夫卻不再去想自殺的事了。他不是害怕失去自己的生命，而是因為他如此深愛的這具身體，竟然得任由陌生人擺布，想到這裡，他就無法忍受。如果他也死了，誰來保護死者呢？一具死屍如何去捍衛另一具死屍呢？

從前，在波希米亞，他曾經陪伴臨終的母親；他愛她至深，然而一旦她的生命消逝，他就停止對她身體的關心了；對他來說，她的屍體已不再是她了。而且，父親和哥哥，兩個醫生照顧著瀕死的病人，而他，在重要性的排序上，不過是家裡的第三順位。可這次，一切都不同了：他眼看著她病危的這個女人只屬於他一個人；

他唯恐失去她的身體，他想要守護她身後的命運。他甚至也得訓誡自己：她還活著，躺在他眼前，跟他說話，而他卻想著她已經死了；她望著他，眼睛睜得比從前任何時候都大，而他在心裡處理著她的棺木和墳墓的事。他為此深深自責，彷彿那是一次可恥的背叛，彷彿他迫不及待、心底偷偷渴望她的死亡趕緊到來。但是他沒法不去想：他知道她過世之後，她的家人會來要求將她葬在家族墓裡，想到這裡，他害怕至極。

他們倆從來沒把喪葬當回事，兩人從前寫下的遺囑實在太過草率；關於財產的事項，簡單得不能再簡單，而關於葬禮的部分，他們甚至連提都沒提。妻子臨終之際，這個疏忽縈繞他的心頭，揮之不去，但他又要讓妻子相信她可以戰勝病魔，於是只好閉口不提。他如何向她坦承？他可憐的妻子始終相信自己會痊癒。他如何向她坦承自己心裡想的是什麼？如何跟她提起遺囑的事？更何況，她已經陷入譫妄囈語之中，神智已經是一片混沌了。

他妻子的家族，是個顯赫的家族，她的家人從來就沒喜歡過約瑟夫。這場即將因他妻子遺體而爆發的爭奪戰，似乎會是他這輩子投入過最艱苦也最重要的鬥爭。

想到這具身體就要被關在一個淫猥雜亂的地方，跟一些陌生、不相干的身體關在一起，他就無法忍受。他也無法想像，自己死後會待在一個莫名其妙的地方，而且肯定會離她很遠。容許這樣的事情發生，對他來說就像是一次巨大的挫敗，一個無邊無際宛如永恆的挫敗，一個永遠無法寬宥的挫敗。

他害怕的事情發生了。他無從逃避這個衝突。他的岳母對他哭喊著：「她是我的女兒！她是我的女兒啊！」他只得聘了個律師，花一堆錢安撫妻子家人的情緒，然後趕緊在墓園買一塊地，為了贏取最後這場戰鬥，他的行動速度得快過別人。

不眠不休的狂熱行動持續了一個星期，他根本無暇痛苦，奇怪的是，有某種更為詭異的感受掠過他的心頭：看到妻子在墓穴裡，在他們的墓穴裡（那是一個雙人的墓穴，像一輛雙人的敞篷馬車那麼舒適），他在悲傷的朦朧暗影之中，瞥見了一道光，一絲幸福的微光，顫動著，幾乎無法覺察。幸福，因為他沒讓心愛的人失望；因為他為了妻子，也為了他自己，保全了他們的未來。

33

片刻之前，在一片絢麗的藍色之中，她的存在變得淡淡輕輕！她不再是物質性的存在，她已轉化為一片清澈的光！

後來，霎時間，天空變成黑色。而她，跌回了人世間，變回沉重陰暗的物質。恍惚之間，她隱約意識到發生了什麼事，她無法把目光從天上移開：天空是黑的，黑的，黑到毫無寬容的餘地。

她的身體，一部分因為寒冷而顫抖，一部分已經失去知覺。這讓她非常害怕。她起身，經過漫長的幾秒鐘，她想起來了：山區的旅館；同學們。她的心裡一片混亂，身體顫抖著，她試著尋找來時的路。回到旅館，人們叫了一輛救護車把她帶走。

接下來的幾天，她躺在醫院的病床上，起初失去知覺的手指、耳朵、鼻子，現在都讓她疼痛不堪。醫生們都說些讓她冷靜下來的話，可是有個護士卻得意洋洋地把凍傷可能帶來的所有後果都跟她說了：說不定最後還得把指頭給截掉。她嚇壞了，她想像著一把斧頭；一把外科醫生用的斧頭；一把屠夫用的斧頭；她想像自己手上沒有了指頭，而切下來的指頭擱在一旁的手術檯上，她則眼睜睜地望著。晚上吃飯的時候，他們給她送來一點肉。她吃不下。她想像盤子裡的肉塊是她自己的肉。

她的指頭，疼了一陣之後恢復了生機，可是左耳卻變黑了。外科醫生又老、又悲傷、又同情她，他坐在床沿向她宣告必須進行切除手術。她哭喊著。她的左耳！她的耳朵！天哪，她哭喊著。她的臉龐，她美麗的臉龐，有一隻耳朵要被切除了！沒有人能安撫她激動的情緒。

噢，這一切竟然和她的預期背道而馳！她想要的是成為永恆，把未來完全廢除，可結果卻是，未來又再一次出現在那兒，一副所向無敵、一副令人厭惡的醜惡模樣，像條蛇似的，在她面前蠕動著，在她腳邊磨蹭，並且匍匐著身軀緩緩前行，為她開路。

在學校裡，消息不脛而走，說她迷了路，回來的時候身上全是凍傷。大家都指責她，彷彿她是個不守規矩的學生，無視規定的活動計畫，自己在那兒傻乎乎地到處亂跑，連基本的方向感都沒有，旅館雖然遠，畢竟目標很明顯。

回到家之後，她就不肯再上街了。她怕遇見熟人。她的父母傷心失望之餘，悄悄幫她辦了轉學，讓她轉到鄰近的一個城裡。

噢，這一切竟然和她的預期背道而馳！她夢想的是神秘的死亡。她做了萬全的準備，就為了不讓人知道她的死究竟是意外，還是自殺。她想把自己的死化作一個秘密的訊號傳送給他，一個來自冥間的愛情訊號，只有他能夠理解。她什麼事都預先想到了，或許，獨漏了安眠藥的劑量，或許，獨漏了她入睡之際回升的氣溫。她想過，冰封的雪地會讓她陷入睡意之中、陷入死亡之中，但是睡意太弱了；她睜開眼睛，看見了黑色的天空。

兩種天空將她的生命分割成兩個部分：藍色的天空，黑色的天空。她將在這第二種天空之下，走向她的死亡，走向她真正的死亡，遙遠、平庸，隨著衰老而至的死亡。

那他呢?他活在一個不為她而存在的天空下。他不再尋覓她的身影，她不再尋覓他的身影。回憶在她心裡喚不醒愛情，也喚不醒恨意。想到他，她彷彿已經麻木了，沒了心思，沒了情意。

34

人的平均生命大約有八十年。大家都是用這種計算方式來想像、規畫他的一生。我剛剛說的這事，眾人皆知，但我們很少意識到，我們的生命可以分配到多少年，並不只是一個單純的數據，或是一個外部的特徵（像是鼻子的大小，或是眼睛的顏色），這數字其實就是人的定義的一部分。如果有個傢伙可以使出渾身解數，活到我們兩倍的時間（也就是說，一百六十年），那麼，這傢伙跟我們就不會屬於同一個物種。在他的生命裡，沒有任何東西跟我們會是一樣的，愛情不同，抱負不同，感覺不同，鄉愁不同，什麼都不同。假設一個流亡者，在外國生活了二十年，之後回到故鄉，而他眼前還有一百年可活，那他根本就不會感受到屬於偉大回歸的那種激動，說不定對他來說，這也算不上是什麼回歸，只能說是他生命的漫漫歷程當中，諸多曲折繞行裡的一次迂迴罷了。

因為祖國這個概念，在它高貴又感傷的字義裡，與我們的生命相連相繫，這相對短暫的生命給了我們太少的時間，以至於我們無法去依戀另一個國家，依戀更多其他的國家，其他的語言。

性愛關係可以填滿整個成年之後的生命。但這生命若是太過漫長，厭倦的感覺會不會早在體力衰退的許久以前，就窒死了興奮的能力？畢竟第一次、第十次、第一百次、第一千次或第一萬次性交之間有極大的差別。過了邊界，重複若不是變成刻板印象，就是變得可笑，甚至無從發生，可是邊界究竟在哪兒？一旦跨越邊界，男女之間的情愛會變成什麼？會消失嗎？或者剛好相反，戀人們會把他們生命裡的性慾期，當作真愛到來之前的野蠻時代嗎？要回答這些問題還真是容易，就像要去想像一個未知的星球上，那些居民的心理狀態。

愛情的概念（偉大的愛、獨一無二的愛）應該也是在上天賜給我們極為有限的時間之中誕生的。倘若這時間沒有極限，約瑟夫會如此依戀他的亡妻嗎？我們這些早早就得死去的人們，我們什麼也不知道。

35

記憶也一樣，如果沒有數學的方法，記憶也是無法理解的。基本的數據，就是人經歷過的生命時間與記憶裡貯存的生命時間，兩個數字之間的比例。人們從來不曾試著去計算兩者之間的比例，而且，就技術而言，世界上也不存在任何方法可以讓我們這麼做；不過，我的說法應該不會離譜，我想，我可以假設，記憶所保留的，不過是百萬分之一，十億分之一，簡單地說，是人生裡微不足道的一個小丁點兒。這也是人的本質的一部分。如果有誰能夠在記憶裡掌握他所經歷過的一切，如果他無論何時都可以想起過去的每一個片段，那他跟人類一定八竿子打不著關係：他的情愛、他的友誼、他的憤怒、他的寬容或報復的能力，跟我們的一定也很不一樣。

人們始終批評著那些扭曲過去、重寫過去、篡改過去的人，這些人刻意放大某些事件的重要性，卻又對某些事緘口不語；這些批評都很對（這些批評不可能不對），但是，若沒有一個更基礎的批評作為前提，這些批評也不會有太大的重要性，這個批評就是：關於人類記憶如實存在的批評。說起來，這可憐的記憶又能怎麼樣呢？記憶所能留住的，不過是那麼一丁點微不足道的往事，也沒有人知道，為什麼留下來的是這一小片，而不是那一小塊，這樣的選擇，發生在我們每個人身上的時候，都是一樣神秘，既不是出自我們的主觀意志，也不是為了我們的利益。如果我們堅持不肯面對這世間最顯而易見的道理，那麼我們根本無從理解人生：一個事實，不會再是發生當下的那個事實；重建事實，是不可能的。

即使內容最豐富的檔案也無能為力。我們就把約瑟夫的舊日記當作一份檔案吧，裡頭保存了所有的記事，確實見證了一段過去；這份記事的作者，對於其中所提到的事件，沒有理由可以否認，但他的記憶也無從確認。在這本日記述說的所有事件當中，只有一個細節點亮了一段往事，直截了當，而且顯然還很清晰：他看見自己走在一條林間路上，對著一個高中女學生說謊，說他要搬家到布拉格；這個小小的畫面（說得精確些，該說是這個畫面的暗影，因為他只記得他說的話大略的意思，還有他說了謊的事實），是唯一還朦朦朧朧存放在他記憶裡的一小塊生命。但是這一小塊生命卻同它前面和後面的生命隔離起來：女學生到底說了什麼話，做了什麼動作，竟然激發他說出這樣的鬼話？接下來幾天又發生了什麼事？他在自己的謊言裡撐了多久？他又是怎麼從那謊言裡走出來的？

如果他想把這段往事當作一則有點意義的小故事來述說，那他就得在符合因果關係的後續發展上，加上一些其他的情節、其他的動作，還有其他的台詞；而既然他把這些東西都忘了，他也只好憑空發想了；這不是要造假，而是為了把回憶變得讓人容易理解；其實，他還低頭盯著日記本上那幾行字的時候，就已經不自覺地為自己這麼做了：

毛頭小子在他對女學生的愛裡頭，找不到一絲值得狂迷的印記，他很失望；他摸她屁股的時候，她把他的手拿開；為了懲罰她，他告訴她，說他要搬家到布拉格；她感到悲傷，任由他在身上到處亂摸，然後還很激動地說，她終於了解那些至死維持忠誠的詩人了；於是，一切的進展都如他所願，帶給他極大的滿足，只是一、兩個星期之後，女孩從她男友即將搬家的事情推出了一個結論，那就是她得趕緊找個人替代他；她開始尋找，毛頭小子猜到了，無法遏制心裡的妒意；她要去山裡住幾天，她要自己去，身邊不會有他，他藉題發揮，對她演了一幕歇斯底里的好戲；

他把自己弄得很可笑；她把他甩了。

即使約瑟夫希望越接近事實越好，但他也無法宣稱自己說的這個小故事跟他真正經歷過的一模一樣；他知道，這不過是一則如真的敘事，鑲貼在遺忘之上。

我想像多年之後兩人重逢，他們會有什麼樣的激動。從前，兩人來往頻繁，於是認為彼此之間繫著相同的經驗、相同的記憶。相同的記憶嗎？誤解就是從這裡開始的：他們並沒有相同的記憶；兩人都對這段過去的記憶留存著兩、三個小小的情境，可是各有各的版本；他們的記憶並不相似；也沒有交集；甚至在數量上也不相稱：其中一人記得另一個人的事比另一個人記得的事情多；主要是因為每個人的記憶力都有差別（這對他們兩人來說，還算是可以接受的說法），但也因為（要承認這件事就讓人比較痛苦了）他們對彼此的重要性並不一樣。伊蓮娜在機場看見約瑟夫的時候，她想起他們過去的那段情緣，鉅細靡遺；而約瑟夫則是什麼也想不起來。從第一秒鐘開始，兩人的相遇就建立在一個不公正、不平等的基礎上，令人憤慨。

36

兩個人生活在同一層公寓裡，日日對望，並且，相愛，他們的日常對話會讓兩人的記憶趨於一致：基於某種無意識的默契，他們把大片大片的生命丟棄在遺忘之中，他們把相同的事件說了又說，用這些事件織成相同的故事，宛如微風拂過葉簇，故事在他們的頭頂上喃喃低語，時時提醒著，他們曾經生活在一起。

馬丹過世的時候，憂心的激流把伊蓮娜沖得遠遠的，離開了他，也離開了認識他的人。他從談話中消失了，連他的兩個女兒也對他沒興趣，因為他在世的時候，她們的年紀都還太小了。一天，伊蓮娜遇到古斯塔夫，古斯塔夫為了能跟她多說些話，於是跟她說，他過去認識她的丈夫。這是馬丹最後一次跟她在一起，他堅強、自負、威嚴，幫她搭了一座橋，走向未來的情人。完成這項任務之後，他從此消失無蹤，不再出現。

許久以前，在布拉格，他們結婚那天，馬丹把伊蓮娜安頓在他的別墅裡；他的書櫥和書桌在二樓，他把樓下大廳留給自己作為丈夫和父親的那塊生命；要去法國之前，他把別墅讓給了岳母，二十年後，岳母把二樓（在這段期間已經全部重新裝修過）留給古斯塔夫使用。米拉妲來看伊蓮娜的時候，想起她的老同事：「這裡，馬丹以前在這兒工作，」她若有所思地說。然而，馬丹的身影並未在這番話之後出現。長久以來，他早已遷離這棟屋子，他已遷離，連同他的身影。

打從妻子過世以後，約瑟夫就察覺了，少了日常的對話，屬於他們過去生命的喃喃低語就日漸衰微了。為了強化這個部分，他努力要讓妻子的影像重現，可是成果不彰，令他苦惱不已。她有十來種不同的微笑。他強迫自己運用想像力去描繪這些笑容。他失敗了。她很有說笑的天分，反應又快，常常逗得他很開心。她說的這些話，他一句都想不起來了。有一天，他問自己：如果他把這麼少的回憶（他還記得的、關於他們共同生活的往事）加總起來，會有多長？一分鐘？還是兩分鐘？

這就扯出關於記憶的另一個謎了，這個謎比其他任何的謎都更根本：回憶是否擁有可供度量的時間總量？回憶過了一段時間以後是否還會出現？他想要重現他們初次見面的情景；他看見一道樓梯，從路面的人行道降入地下室的酒吧；他看見一對對的情侶隱沒在昏黃的暗影裡；然後他看見她了，他未來的妻子，坐在他對面，手上端著一杯烈酒，一直望著他，帶著一抹靦腆的微笑。他細細地看著她，看了好幾分鐘，她拿著杯子，帶著微笑，他探索著這張臉，這隻手，在這段時間裡，她一動也不動，沒有舉杯就口，沒有絲毫改變她的微笑。這就是可怕的地方了：我們所憶起的往事，少了時間的維度。重現一段愛情，是不可能像重讀一本書或重看一部電影那樣的。約瑟夫的妻子死了，就沒有任何可以界定的維度了，沒有物質的維度，也沒有時間的維度。

約瑟夫要讓妻子在心裡復活，他的努力不久之後也成了一種折磨。他並沒有因為發現一段段被遺忘的時刻而欣喜，反而因為憶起的時刻周圍環繞著巨大的空白而沮喪不已。一天，他終於禁止自己再到往事的迴廊裡痛苦地漂泊，他終止了那些想讓妻子如實重生的無謂嘗試。他告訴自己，即便他可以讓過去的生命定格重現，他還是背叛了她，他還是把她棄置在展示失物的博物館裡，把她逐出自己現在的生活。

而且，他們倆從來不曾崇拜、不曾信仰記憶。當然，他們並沒有銷毀他們之間私密的信件，或是寫著他們該做的事和約會時間的記事本。可他們從來沒有想過要再回頭去看這些東西。於是他決定和亡妻一起生活，如同過去和在世的妻子相處一樣。他去墓地不再是為了追憶她，而是為了和她在一起，為了看到她的眼睛，她的眼睛望著他，她的目光不是來自過去，而是來自當下的時刻。

新的生活就這麼開始了：與死者同居。他的作息時間依著一個新的時鐘進行。從前，她愛乾淨，她會因為他到處亂丟東西而生氣。現在，他獨自收拾家裡，有條有理。因為他比妻子在世的時候更愛他們的家：木頭做的矮籬，中間有一扇小門；花園；深紅色磚房前的樅樹；兩張沙發，面對面擺著，他們下班回到家，總是坐在那兒；窗台上，她總是在一端擺著一盆花，另一端點著一盞檯燈；這盞燈，他們不在家的時候也點著，這樣，他們回家的時候，老遠就可以從街上看到。他遵循這一切習慣，並且仔細照看著每一張椅子、每一只花瓶，看它們是否在妻子喜愛擺放的位置。

他再次造訪他們從前喜歡去的地方：海邊的那家餐廳，那兒的老闆永遠不忘提起他妻子最喜歡的那幾種魚；鄰近的小城裡，一個長方形的廣場，還有一間間漆成紅色、藍色、黃色的房屋，一種樸實的美感令他們深深著迷；或者，他們造訪哥本哈根時去過的碼頭，每天晚上六點，都有一艘白色的大客輪從那裡出海。在那兒，他們可以為了看那艘船，好幾分鐘動也不動。出航前，船上的樂音響起，都是些老爵士樂，奏著旅行的邀約。妻子死後，他經常去那裡，想像妻子就在身邊，感受著兩人共同的渴望，想要登上這艘夜航的白色船舶，在船上跳舞，在船上睡著，然後在某個地方醒來，遙遠，非常遙遠的北方。

她總是希望他看起來高雅體面，她幫他打理所有的行頭。他不曾忘記她最喜歡他穿哪件襯衫，也沒忘記她不喜歡的是哪一件。為了這次的波希米亞之行，他特地挑了一套她沒有特別感覺的西裝。他不想為這次旅行花太多心思。這次旅行不是為了她，也沒帶著她。

37

伊蓮娜滿腦子都是明天的約會，她想安安靜靜地度過這個星期六，就像比賽前夕的運動員那樣。古斯塔夫在城裡工作，中午有個談公事的無聊飯局，晚上也不會太早回來。她趁這段獨自一個人的時間，睡了好久，醒來以後還待在自己房裡，不想碰到母親；她聽見樓下傳來母親走來走去的聲音，將近中午才停下來。她終於聽到一記猛烈的關門聲，顯然是母親出門了，她走下樓，在廚房裡隨便吃了點東西，然後也出了門。

在人行道上，她停下腳步，心醉神馳。在秋日的陽光下，這個滿布著花園的地區，綴著一幢幢的小別墅，透露出一股幽隱的美感，揪著她的心，邀她進行一趟悠長的漫步。此情此景令她想起流亡前的那幾天，她曾想要做一次這樣的漫步，悠悠長長，適合沉思的漫步，讓自己可以向這城市告別，向她曾經愛過的每一條街衢巷弄告別；但那時候有太多事情要準備，根本挪不出時間。

從她閒逛之處看去，布拉格是一大片綠帶，裡頭是些寧靜的地區，一株株樹木標畫著一條條的小街。她心裡依戀的，是這個布拉格，而不是那個奢華的市中心；她依戀的，是這個誕生於十九世紀末的布拉格，這個布拉格屬於捷克的小資產階級，這個布拉格屬於她的童年，冬天的時候，她在起起落落的小街道上滑雪，這個布拉格附近圍繞著森林，從黃昏時分開始悄悄散發芬芳。

她走著，如在夢中；有那麼幾秒鐘，她瞥見了巴黎，那是她第一次感到這個城市帶著敵意：冷冰冰的幾何大街；傲慢的香榭大道；巨大的女人，嚴峻的臉龐，石頭做的，象徵著平等或是博愛；在巴黎，眼前這愜意怡人的調性無處尋覓，她在這兒呼吸的田園牧歌氣息也無處尋覓。其實，在流亡的生涯裡，她一直把這畫面當作失去的故鄉的象徵：一片片的花園在崗巒起伏的土地上延伸，一望無際，地上是一幢幢的小屋。她在巴黎感受到幸福，甚於此地，可是某種與美感相繫的神秘關係卻讓她只能依戀布拉格。她霎時明白自己多麼愛戀這個城市，離開這裡，該是多麼痛苦的事。

她想起最後那幾個焦躁不安的日子：在俄羅斯占領初期，在那幾個月的混亂中，去國離鄉還是一件容易的事，他們可以毫無憂懼地跟朋友道別。不過他們的時間實在太少，沒有辦法去見每一個人。離開前兩天，他們一時衝動，跑去看了一個單身的老朋友，在他那兒待了幾個小時，真情流露。後來在法國，他們才知道，這個人長久以來對他們表現出那麼大的興趣，是因為警察挑中了他，要他黏著馬丹，打小報告。離開的前一夜，她沒有事先通知，就去摁了一個朋友家的門鈴。朋友的反應讓伊蓮娜感到意外，她竟然跟另一個女人聊得非常起勁。伊蓮娜不發一語，靜靜地聽了好久，聽著跟她不相干的談話，靜靜地等著她的朋友做出一點表示，說個鼓勵的句子，說些告別的話；結果什麼也沒等到。她們忘記她就要離開了嗎？還是她們故意裝作忘了？或是她的出現或缺席，對她們來說已經不再重要了？至於她的母親，在他們離開的時候，並沒有親吻伊蓮娜。她親吻了馬丹，卻沒親吻伊蓮娜。對伊蓮娜，母親做的是緊緊摟著她的肩膀，用洪亮的嗓音高聲說：「我們不喜歡太暴露我們的感情！」她想把話說得誠懇又帶著陽剛氣，可是聽起來卻是冷冰冰的。憶起這一切告別的場面（不真實的告別、虛偽的告別），她在心裡對自己說：一個人如果連告別都搞砸了，對重逢就不能抱著太多期待。

她在這片綠意盎然的地方走了兩、三個小時。來到一個鳥瞰著布拉格的小公園，她走到公園的矮牆邊：從這裡望去，布拉格宮以背面現形，以它神秘的一面顯露出身影；這個布拉格的存在，是古斯塔夫不曾臆想的；此刻，她少女時期鍾愛的幾個名字向她奔來：馬哈[18]，時代的詩人，那是捷克國民如水之精靈從霧中浮現的時代；聶魯達[19]，捷克庶民的說故事大師；渥斯寇維克與維利希[20]，三〇年代，她父親（父親過世的時候，她還是個孩子）如此深愛的劇作家；赫拉巴爾[21]和司克弗瑞斯基[22]，她少女時代的小說家；六〇年代的小劇場和小酒館，如此自由，如此歡樂的自由，帶著不敬不遜的幽默；這正是屬於這個國度無法言喻的芳香氤氳，是這個國度無形的本質，她帶著這氣息去了法國。

她把手肘支在矮牆上，往布拉格宮的方向望去：走到那兒，只需要一刻鐘。布拉格就是從那兒開始的：明信片的布拉格；被那譫妄囈語的歷史烙上重重印記的布拉格；觀光客與妓女的布拉格；昂貴餐廳的布拉格，昂貴到她的捷克朋友們根本走不進去；在銀幕上蠕動著舞步的布拉格；古斯塔夫的布拉格。她心想，對她來說，沒有什麼地方比這個布拉格更奇怪了。古斯塔夫城。古斯塔夫市。古斯塔夫堡。古斯塔夫格勒。[23]

古斯塔夫：她眼裡的古斯塔夫，模糊的輪廓出現在一個由她不熟悉的語言鋪成的大片毛玻璃後面，她心想，她近乎欣喜地想著，這樣很好，因為事實終於顯現了：她一點也不想去理解他，也不想費力氣讓他理解自己。她看他挺快活的，穿著那件T恤，大聲叫著Kafka was born in Prag，她感到體內湧出一股慾望，一股想要找個情人的慾望，無法遏制的慾望。不是為了補綴自己的生命，讓生命回復原來的樣貌。

18. 馬哈（Karel Hynek Mácha，一八一〇—一八三六）：捷克民族復興時期的著名詩人，代表作是長詩《五月》。
19. 聶魯達（Jan Neruda，一八三四—一八九一）：捷克詩人、小說家，作品對貧苦的勞動者有深切的同情，著有《小城故事》等書。
20. 渥斯寇維克（Jiří Voskovec，一九〇五—一九八一）與維利希（Jan Werich，一九〇五—一九八〇）：捷克劇作家，共同創立劇團，並創辦多份政治性、知識分子的劇場刊物。兩人於一九三八年踏上流亡路，維利希於戰後回到布拉格，渥斯寇維克則終老於美國加州。
21. 赫拉巴爾（Bohumil Hrabal，一九一四—一九九七）：捷克二十世紀最重要的小說家之一，著有《過於喧囂的孤獨》等書。
22. 司克弗瑞斯基（Josef Škvorecký，一九二四—二〇一二）：原籍捷克的小說家，一九六九年流亡至加拿大，後創辦「六八出版人」，出版共黨政權查禁的作品。著有《靈魂工程師》等書。
23. 此處原文為Gustaftown. Gustafville. Gustafstadt. Gustafgrad. 即古斯塔夫（Gustaf）加上英、法、德、俄文的「城市」（twon、ville、stadt、grad）所組成的四個字。

而是要徹徹底底搞亂生命。為的是最後可以把命運掌握在自己手裡。

因為她從來不曾自己選擇過任何男人，每次她都是被選擇的。馬丹，最後她是真的愛著他，但是剛開始的時候，他不過是伊蓮娜逃離母親的理由。在她和古斯塔夫的情史裡，她以為自己找到了自由。現在她才明白，這段情跟她和馬丹的關係相比，不過是另一種變體：她抓住人家向她伸來的一隻手，這手把她拉出她無力承擔的痛苦處境。

她知道自己很懂得感激；她總是以此自豪，把這事當作最重要的美德；當感激的美德命令她的時候，愛意就會像個溫馴的僕人那樣跑來。她誠心誠意地把自己獻給馬丹，她誠心誠意地把自己獻給古斯塔夫。可這種事有什麼好得意的？感激，不就是軟弱、依賴的另一個名字嗎？她現在渴望的，是與感激無關的愛情，完全無關！她知道這樣的愛情，必須付諸果敢、冒險的行動。而在她的愛情世界裡，她從來不曾果敢，她甚至不知道這意謂著什麼。

突然之間，像一陣風吹過：流亡的舊夢，過去的焦慮和恐慌，在她眼前快速流過：她看到幾個女人跑來，圍著她，舉起大大的啤酒杯，不懷好意地笑著，阻擋著她，不容她逃脫；她在一家店舖裡，店裡還有其他女人，還有幾個店員，這些女人和店員急匆匆地向她擁上來，幫她穿上一件連衫裙，這衣服在她身上，變成一件束縛精神病患的緊身衣。

她的手肘支在矮牆上，過了很久，她直起身子。她滿心確信，她要逃離；她不會再待在這個城市裡了；她不要再待在這城裡，也不要這城市正在為她編織的生命。

她走著，在心裡對自己說，今天終於完成當年未能實現的告別漫步；終於向她至愛的城市做出了盛大的告別，她已經準備好再次失去這座城市，無怨無悔，只為贏得屬於自己的生命。

38

共產主義自歐洲消逝之際，約瑟夫的妻子堅持要他回國去看看。她想陪他一起去。但她卻過世了，從此約瑟夫滿腦子想的都是他的新生活，與亡妻共度的新生活。他努力說服自己，那是一個幸福的生活。可我們能說那是幸福嗎？可以的；那是一種有如微光輕顫的幸福，穿越他的痛苦，一種聽天由命的痛苦，寧靜卻永不止息。一個月以前，他無力從悲傷之中走出來，他想起亡妻說過的話：「你不回去的話，實在是沒道理，怎樣都說不過去，甚至是很爛的決定。」他心想，其實她曾經極力慫恿他的這趟旅行，如今或許可以幫上他的忙；可以讓他轉移注意力，至少有幾天，他可以從折磨他至深的生活裡抽離出來。

他著手籌備旅行的時候，有個念頭，怯怯地，在他的腦海閃過：他永遠留在那兒，會怎麼樣呢？不管怎麼說，他總是可以在波希米亞繼續當他的獸醫，就像在丹麥一樣。但是直到此時，他還是無法接受這樣的想法，甚至覺得像是背叛了他所愛的人。可他又自問：這真是背叛嗎？如果他妻子的存在是無形的，為什麼這個存在會跟某個獨特地點產生物質性的關連呢？難道她不能跟他一起待在波希米亞，就像待在丹麥那樣嗎？

他離開旅館，開車四處閒逛；在一家鄉間的小餐館吃了午餐；然後步行穿過原野；踏過一條條的小路，一片片的野薔薇，一叢叢的樹木，一叢叢的樹木；一股莫名的感動，他望著地平線上鬱鬱蒼蒼的山丘，心裡想到，在他自己的生命歷程裡，捷克人曾經兩度不惜一死，只為了保有他們的這片風光景致：一九三八年，他們想以武力對抗希特勒；結果他們的盟友法國人和英國人阻止他們這麼做，他們為此感到絕望。一九六八年，俄國人入侵這個國家，再一次，他們又想挺身而戰；注定的是，他們得做出同樣的屈從，他們又再次陷入同樣的絕望。

為了國家不惜一死：每個國家都經歷過這種為國犧牲的誘惑。捷克人的敵手也不例外，德國人、俄國人，他們也有過這種經驗。可這兩個國家，都是大國啊。他們的愛國心是不一樣的：他們是因為他們的榮光，因為他們的偉大，因為他們普同的使命而狂熱。然而捷克人愛國不是因為捷克有多麼輝煌光榮，而是因為捷克沒沒無聞；不是因為捷克很大，而是因為捷克很小，而且不停地處於危難之中。他們的愛國心，是對他們國家巨大無邊的憐憫。丹麥人也是如此。約瑟夫之所以選擇一個小國作為他的流亡地，這並非偶然。

約瑟夫望著這片景致，深受感動，他心想，他的波希米亞這半世紀以來的歷史實在是前所未有的，既獨特又令人著迷，只有心靈狹隘的人才會對這段歷史沒有感覺吧。明天早上，他要去見N。他如何度過他們沒見面的這段時間？他怎麼看待俄羅斯占領這個國家？他又是如何度過共產主義（他從前摯誠的信仰）的終結？他所信奉領受的馬克思教育，如何順應這個全球鼓掌叫好的資本主義回歸？他心裡氣憤不平嗎？還是他放棄了信仰？如果他放棄了，那麼，對他來說，這是悲劇嗎？其他人又是如何對待他呢？他聽見嫂嫂的聲音，她這個圍剿罪人的獵手，顯然會希望看到N的手腕戴著鐐銬，出現在法庭上。N難道不需要約瑟夫對他說，無論歷史如何歪曲造作，他們的友情依然存在？

他的思緒又回到嫂嫂身上：她恨共產黨，因為他們否定了私有財產的神聖權利。可是對我，約瑟夫心想，她卻否定了我對那幅畫的神聖權利。他想像這幅畫掛在他那棟磚房的牆上，他嚇了一跳，因為他突然意識到，這畫上工人住的郊區，這個捷克的野獸派畫家，這段古怪的歷史，如果出現在他家裡，會像個存心搗蛋的傢伙，一個不速之客。他怎麼可以想要把這畫帶走！在他和亡妻生活的地方，沒有這幅畫的容身之處。他從來不曾向妻子提起過這幅畫。這畫和她完全不相干，和他們兩人無關，也和他們的生活無關。

太陽落到了地平線附近，他駕車駛在通往布拉格的路上；鄉間的景致在四周流逝，這景致，屬於他小小的國家，為了這個小國，人們不惜一死，可他還知道，有個更細小的東西，正對著他的愛憐發出更為強烈的召喚：他看見兩張小沙發面對著面，檯燈和花盆擺在窗台上，還有他妻子在屋前栽種的樅樹，細細長長的，就像這屋子舉起一隻手臂，老遠就要告訴他，他們的家在這兒。

39

斯卡瑟把自己關在那幢悲傷的屋子裡，關了三百年，是因為那時他看見自己的國家被東方的大帝國吞噬，萬劫不復。他弄錯了。關於未來，所有的人都弄錯了。人能夠確定的，只有現在的這一刻。可這說法真確嗎？人真的能清楚認識這一刻，真的能認識現在嗎？人有能力可以評斷現在嗎？當然不行。一個不知未來為何物的人，如何能理解現在的意義？如果我們無從得知這個現在將引領我們走向哪個未來，我們如何能對這個現在說長論短？我們如何能說這個現在值得我們贊同、懷疑，還是憎恨呢？

西元一九二一年，阿諾．荀白克宣稱，因為他的貢獻，德國音樂將持續在未來的一百年內主宰世界。十五年後，他卻不得不離開德國，一去不回。二次大戰後，他在美國躊躇滿志，他始終相信那輝煌的榮光永遠不會離棄他的作品。他指責伊格．史特拉汶斯基（Igor Stravinski）太過關注同時代的人，而忽視了未來的評判。

荀白克把後世當作他最可靠的同盟。在一封寫給湯瑪斯・曼（Thomas Mann）的信裡，他語氣尖刻地以「兩、三百年後」的那個時代作為後盾，他說，到了那時候，時間終將清清楚楚地顯現，湯瑪斯・曼和他，究竟誰比較偉大！荀白克於一九五一年去世。在他死後的二十年裡，他的作品受到推崇禮讚，宛如二十世紀最偉大的作品，最傑出的年輕作曲家都尊崇他的作品，以他的門徒自居；但是接下來，他的作品就遠離了音樂廳，遠離了人們的記憶。現在，到了世紀末，誰還演奏荀白克的作品？誰還會跟他攀親引戚？不是的，我可不是要在這兒傻乎乎地嘲笑他的自大，然後說他高估了自己。絕對不是！荀白克並沒有高估自己。他高估的是未來。

他是不是在思考上犯了什麼錯？不是的。他想的都對，只不過他生活的領域，層次太高了。跟他談天說地的都是德國的大人物，巴哈（Bach）、歌德（Goethe）、布拉姆斯（Brahms）、馬勒（Mahler），雖然他們的對話如此睿智，但這些精神層次高高在上的討論，卻總是帶著近視眼，遙望人間那些既無理性又沒邏輯的事情：兩支大軍為了神聖的事業誓死相殘；但是把交戰雙方擺平的，卻是一種微小的黑死病菌。

荀白克倒是意識到了細菌的存在。早在一九三〇年，他就寫道：「收音機是個敵人，一個冷酷無情的敵人，它所向披靡，任何反抗都是無望的」；它「把音樂硬塞給我們……不曾問過人們是不是想聽，人們是不是有可能領會」，以至於音樂變成單純的噪音，成了種種噪音裡的一種噪音。

收音機是一條小溪流，一切都從這裡開始。接著，其他的技術也來了，複製聲音、增殖聲音、放大聲音，小溪流於是變成一條無垠的大河。從前，人們聽音樂是因為對音樂的喜愛，今天，音樂則是到處嘎叫，不停地嘎叫，「不曾問過人們是不是想聽」，音樂在擴音器裡嘎叫，在汽車裡嘎叫，在餐廳裡嘎叫，在電梯裡，在街上，在等候室，在健身房，在塞著隨身聽的耳朵裡，片片段段的搖滾樂、爵士樂、歌劇——重新改寫、重新譜寫管弦伴奏、截短的、五馬分屍的音樂——在空氣中飄蕩，一切都混雜在一起，人們根本不知道作曲者是誰（變成噪音的音樂是無名的），人們無法分辨音樂始於何處、終於何處（變成噪音的音樂根本不知形式為何物）：音樂的濁水，音樂葬身之處。

荀白克知道細菌是怎麼回事，他意識到了危險，但他在心底並沒有賦予它太多重要性。我剛才說過，他生活在層次非常高的精神領域，他的自豪遮蔽了他，讓他沒把如此渺小、如此粗俗、如此可憎、如此可鄙的敵人當回事。唯一夠格與他匹敵的偉大競爭者，他卓越的對手，唯一讓他熱切又嚴厲地與之爭鬥的敵手，就是史特拉汶斯基。荀白克在那兒劈刀揮劍，為了爭逐未來的恩典，他的對象正是史特拉汶斯基的音樂。

可是未來，那是一條大河啊，音符的洪水氾濫，上頭漂著作曲家的浮屍，雜在殘枝敗葉之間。一天，荀白克的屍體在洶湧的波潮裡漂蕩著，撞上了史特拉汶斯基的屍體，兩人在這遲來且可恥的和解之中，繼續他們的旅程，漂向虛無（漂向絕對嘈雜的音樂，漂向音樂的虛無之境）。

40

還記得吧：那條河穿越法國的一個外省城市，伊蓮娜和她丈夫在河岸停下腳步的時候，看見對岸有一些被砍倒在地的樹木，那時，一陣突如其來的音樂從擴音器裡傳來，把她嚇壞了。她用雙手捂住耳朵，嚎啕大哭起來。幾個月後，她和瀕死的丈夫在家裡，隔壁的公寓爆出一陣音樂的轟鳴。她摁了兩次門鈴，請求鄰居把音樂關掉，兩次都無功而返。最後，她大聲喊叫：「停止這種恐怖吧！我的丈夫就快要死了！你們聽到了沒有！就快要死了！死了！」

剛到法國的前幾年，她聽很多收音機的節目，這讓她漸漸熟悉法國的語言、法國的生活，但是自從馬丹過世之後，為了那引起她反感的音樂，她在收音機裡再也感受不到愉悅了；因為新聞不再像從前那樣連續播報，而是在每一則訊息之間，穿插著三秒、八秒、十五秒不等的音樂，年復一年，這些小小的插曲偷偷摸摸地變多了。她如是深刻地認識到荀白克所說的「變成噪音的音樂」。

她躺在床上，古斯塔夫在她身邊；她為了明天的約會過度興奮，擔心自己睡不著；她已經吞了一顆安眠藥，睡著了，睡到半夜又醒了過來，她又吃了兩顆安眠藥，後來，因為沮喪，因為煩躁，她把枕頭旁邊的小收音機打開了。為了讓睡意再次浮現，她想聽一點人的聲音，一句話，只要可以占據她思緒，把她帶到別處，讓她靜下來，讓她入睡；她一個電台換過一個電台，可每一台放的都是音樂，只有音樂的濁水流出來，只有片片段段的搖滾樂、爵士樂、歌劇，在這個世界上，她無法對任何人說話，因為每個人都在唱歌，都在嘎叫，在這個世界上，沒有人能跟她說話，因為每個人都在那兒蹦著踏著，每個人都在跳舞。

一邊是音樂的濁水，一邊是鼾聲，伊蓮娜被包圍了，她希望周圍能有一片自由的空間，一片可以讓她呼吸的空間，可她撞上了一具既蒼白又遲鈍的身體，命運把這具身體丟在她的路上，像袋爛泥似的。她恨古斯塔夫，一股新的恨意襲上心頭，不是因為他的身體無視她的存在（啊！不是的，她永遠沒辦法再跟他做愛了！），而是因為他的鼾聲打擾了她的睡眠，害她說不定會因此壞了生命中最重要的約會，即將發生的約會，再過八個小時就要發生了；因為清晨近了，她的睡意還沒來，她知道自己會很疲倦、很神經質，臉會變老、變醜。

終於，強烈的恨意像一劑麻醉藥，她睡著了。醒來的時候，古斯塔夫已經出門，而她枕頭旁邊的小收音機則是一直播放著變成噪音的音樂。她頭痛，身體累得要命。她賴在床上，可是米拉妲說她十點鐘要過來。可她為什麼偏偏要今天來呢！伊蓮娜今天誰也不想見！

41

這幢獨立的樓房建在一道斜坡上，從街上只看得到底層。門打開的時候，一隻碩大的德國牧羊犬熱情地向約瑟夫撲了個滿懷。折騰了好一會兒他才看見N，N一邊笑，一邊讓他的狗靜下來，他帶約瑟夫穿過一條走廊，然後是一道長長的樓梯，通到一個隔成兩間房的公寓，外頭還有花園，N和妻子住在這裡；他的妻子在家，很親切地向約瑟夫伸出手。

「樓上，」N指著天花板說，「那幾間公寓寬敞多了。我女兒和我兒子，他們兩家人都住在上面。這房子是我兒子的。他是律師。可惜他不在家。約瑟夫，」N壓低聲音，「如果你想回國定居的話，他可以幫你，他會幫你把一切都打點好。」

這番話讓約瑟夫想起那天，約莫四十年前的那天，N也是用同樣壓低的聲音，神秘兮兮地，給了他友情和幫助。

「我跟他們說過你……」N說著，往樓梯的方向喊了好幾個名字，顯然是他兒孫的名字；看著這些孫輩、曾孫輩從上面走下來，約瑟夫完全不知道誰是誰的小孩。總之，他們都很俊美，又有氣質（約瑟夫無法將目光從其中一個金髮女子的身上移開，她是N的孫子的女朋友，德國人，一句捷克文也不會講），他們每個人，連女孩子都長得比N高；在他們面前，N看起來就像一隻迷失在野草地裡的兔子，才一眨眼的工夫，這片草地就在他周圍往上冒，冒得比他還高。

他們就像時裝表演中的模特兒，一言不發只管微笑，直到N請他們讓他和他的朋友獨處。N的妻子留在屋裡，N和約瑟夫走到花園裡。

狗兒跟著他們，N說：「我從來沒見過牠為了一個客人這麼興奮，說不定牠看得出你是做哪一行的。」接著，N指著果樹給約瑟夫看，跟他解釋自己在草地的規畫上，如何用一些小徑來隔開一片片的草坪，兩人聊了很久，卻離約瑟夫準備要談的主題越來越遠；終於，他找到機會打斷他朋友的植栽報告，問了他如何度過他們沒見面的這二十個年頭。

「別提這個吧，」N說，他把食指壓在心口，算是回覆了約瑟夫充滿疑問的目光。約瑟夫不明白這個手勢的意思：政治事件對他的打擊這麼深，直到心房嗎？還是他經歷過一場愛情的悲劇？還是他有過心肌梗塞的毛病？

「改天再跟你說吧，」N加上這句話，把話頭轉到了別處。

談話進行得並不順利；每次約瑟夫停頓一下，想好好問個問題，N的狗就以為得到了默許，逕自往約瑟夫撲過去，還把前腳搭在他的肚子上。

「我還記得，你總是很肯定地說，當醫生是因為對各種疾病感興趣，當獸醫是因為對動物的愛。」N說。

「我真的說過這些話？」約瑟夫有點驚訝。他想起前天他對嫂嫂解釋，他之所以選這一行，是為了反抗他的家人。聽N一說，他這麼做竟然是為了愛，而不是為了反叛？在一片孤懸的迷雲裡，他見到所有他看過的生病動物在眼前一一走過；接著又看到他設在自己那棟磚造房子後面的獸醫診所，明天（是的，不過就是二十四小時以後的事！）他將打開診所的大門，替明天的第一個病患看診；他的臉，泛著一抹悠悠長長的微笑。

他該是費了好大的勁，才回到剛剛起了頭的對話上：他問N，有沒有人因為他過去的政治立場攻擊他？N回答說沒有；據他說，人們知道他過去一直在幫助那些遭受共產黨整肅的人。「我想也是，」約瑟夫說（他確實是這麼想），但他又追問：N如何看待自己過去的這段生命？是一個錯誤？是一次挫敗？N搖搖頭說，都不是。終於，約瑟夫問了N，他對於資本主義如此迅速、如此粗暴的復辟有何感想？N聳聳肩膀回答說，局勢演變到這個地步，也沒有別條路了。

還是不成，話頭還是搭不上。約瑟夫原本以為N覺得這些話問得不得體。但後來約瑟夫的想法又改變了：與其說不得體，不如說是過時吧。如果嫂嫂要報復的夢想成真，如果哪一天N被起訴，被法庭傳喚，在這樣的情況下，或許他會回頭看看他做為共產黨員的過去，好解釋這段生命，並且為之辯護。然而，只要沒有法庭傳喚，這段過去，距離今天的他已經很遙遠了。他已不再生活於其中了。

約瑟夫想起他很久以前的想法，那時他認為這想法是瀆神的：加入共產黨，這檔事和馬克思或馬克思的理論一點也扯不上關係；那個時代只給人們提供了一個機會，讓人們可以滿足各式各樣的心理需求：展現自己不墨守成規的那種需求；或是服從的需求；或是懲罰惡人的需求；或是想做點什麼事的需求；或是同年輕人一起邁向未來的需求；或是讓自己身邊圍繞著一個大家庭的需求。

狗兒的心情很好，一直吠著，約瑟夫心想：今天人們放棄共產主義，不是因為他們的想法受到衝擊、產生改變，而是因為共產主義不再給人機會展現自己不墨守成規，也沒有機會讓人服從，讓人懲罰惡人，讓人有機會做點什麼事，也不再讓人有機會和年輕人一同向前邁進，不再讓人的身邊圍繞著一個大家庭。信仰共產主義不再能滿足任何需求。信仰共產主義的用途變得如此不堪，所以人們這麼容易就放棄了信仰，甚至在沒有覺察的情況下離棄了它。

儘管如此，約瑟夫來探望N的初衷還是沒有得償：他想讓N知道，在一個想像的法庭裡，他，約瑟夫會為N辯護。為了讓N知道，他首先要表現出自己不會一頭熱，盲目跟從那些在共黨倒台之後回到捷克定居的人，然後他提起自己在家鄉廣場上看到的巨幅廣告，上頭的畫面向捷克人展現著一隻白色的手握住一隻黑色的手，還有一個看不懂的縮寫，要給捷克人提供服務。

「你說，這還是我們的國家嗎？」

他期待聽到一段嘲諷全球資本主義把整個世界單一化的評論，可是N卻緘口不語。約瑟夫接著說：「蘇維埃帝國崩解了，因為它沒辦法馴服那些想要獨立自主的國家。可現在，這些國家不能獨立自主的情形反而是前所未有的。這些國家不能決定自己的經濟，不能決定自己的外交政策，甚至不能決定自己的廣告標語。」

「長久以來，國家獨立的主權一直是個幻想，」N說。

「可是如果一個國家沒有獨立，甚至也不想獨立，那還有誰會為了它不惜一死嗎？」

「我可不希望我的孩子為了什麼事不惜一死。」

「我換個說法好了：還有誰會愛這個國家嗎？」

N放慢了腳步：「約瑟夫，」他語帶感觸地說。「你怎麼會走上流亡這條路呢？你是個愛國的人哪！」接著，他很嚴肅地說：「為國而死，這種事已經不存在了。或許你還可以，在你流亡的日子裡，時間停止了。可他們，他們想事情的方法已經和你不一樣了。」

「他們？」

N仰了仰頭，朝著房屋的樓上，彷彿指著他的兒孫。「他們的心不在這裡。」

42

談話進行到這裡，兩個朋友走到同一個地方停下來；狗兒可樂了：牠用後腳站了起來，把前腳搭在約瑟夫身上，約瑟夫則輕撫著牠。N凝望著這對人與狗的組合，他看了許久，漸漸沉入感動的情愫裡。彷彿直到此刻，他才完全感受到這二十年不曾相見的愁緒：「啊，你能來，我實在太高興了！」他輕輕拍了拍約瑟夫的肩膀，邀他坐在一棵蘋果樹下。突然間，約瑟夫明白了：他為了那些嚴肅、沉重的談話而來，但這樣的談話是不會出現了。他的反應也讓自己吃了一驚，他竟然鬆了一口氣，他竟然感到解脫！畢竟，他來這兒可不是為了要審問他的朋友！

就像是一道鎖扣跳了開來，兩人的談話展開了，無拘無束，自在心怡，完全是兩個老朋友見面的閒聊：零零落落的回憶，共同的朋友的消息，一些有趣的評論，一些荒謬反常的事，一些笑話。彷彿一陣溫柔和煦又有力的風，將約瑟夫擁在懷裡。他感到一股無法抵擋的喜悅，讓他想要說話。啊，一股意想不到的喜悅！二十年來，他幾乎不再說捷克語了。和妻子說話很容易，丹麥語化身為他們之間親密的混合語。可是跟其他人說話的時候，他總是有意識地揀選自己的用字，注意自己造句的方式，留心自己的口音。他覺得，說話的時候，丹麥人總是輕快地跑著，而他則拖著二十公斤的重負，在後頭碎步疾走急追。現在，話語從口中兀自流出，無需他費心搜尋、費心掌握。捷克語不再是那個帶著濃重鼻音的陌生語言了，那語言在家鄉的旅館裡還令他吃驚。他終於認出這語言了，他細細品味著。用這語言的時候，他感覺輕盈，像是做了個減肥的療程。他說話有如展翼飛翔，在這趟旅居的生活裡，他第一次感到在故國是幸福的，他第一次覺得這裡是自己的國家。

好友身上散發著幸福的氣息，N受到這幸福的激勵，心情越來越輕鬆；他露出會心的微笑，談起他過去的情婦，還感謝約瑟夫有一次幫他提出不在場證明，騙他妻子說他跟約瑟夫在一起。約瑟夫不記得有這麼回事，他很確定N把他跟另一個人搞混了。不過這個不在場的故事，N悠悠緩緩地說著，說得如此動人、如此有趣，約瑟夫於是讓步，決定扮演故事裡的要角。他仰著頭，陽光穿過葉簇，耀著他臉上綻開的笑容。

正當他們沉浸在這安適愜意的氣氛裡，N的妻子嚇了他們一跳：「你要不要跟我們一起吃個午飯？」她對約瑟夫說。

他看了看錶，抬起頭。「半小時後，我還有個約呢！」

「那麼，就晚上過來吧！一起吃個晚飯，」N熱情地邀請他。

「晚上我已經回到我家了。」

「你說你家，意思是……」

「丹麥。」

「聽你這麼說真是怪。所以，你家，已經不在這裡了？」N的妻子問道。

「是啊。我家在那兒。」

空氣裡一陣長長的靜默，約瑟夫等著聽到這樣的問題：「既然丹麥真的成了你的家，那你在那兒過得怎麼樣？生活裡還有哪些人？說給我們聽吧！你住什麼樣的房子？你跟什麼樣的人結了婚？你幸福嗎？說吧！說給我們聽吧！」

可是這樣的問題，N的妻子一個也沒問。霎時間，一道木頭矮籬和一棵樅樹出現在約瑟夫眼前。

「我得走了，」他說，於是三個人一起往樓梯走去。往上走的時候，三個人都沒說話，在這片靜默裡，妻子的不在忽然襲上約瑟夫的心頭；這裡沒有她存在過的一絲痕跡。這三天，他停留在這個國家裡，沒有人說過跟他妻子有關的話。他明白了一件事：如果他留在這裡，他就會失去她。如果他留在這裡，她就會消失無蹤。

他們在屋外的行道上停下腳步，彼此又握了握手，狗兒也把前腳撲在約瑟夫的肚子上。

然後，兩個人和一條狗看著他漸行漸遠，直到他消失在他們的視線之外。

43

這麼多年過去之後，米拉妲在餐廳裡，在一群女人之中看到伊蓮娜，米拉妲對她產生了一股溫柔的感情；有個小細節特別吸引她：那時伊蓮娜背誦了一首揚·斯卡瑟的四行詩給她聽。在小小的波希米亞，人們很容易就可以遇到詩人，也很容易和詩人親近。米拉妲就認識斯卡瑟，他是個矮墩墩的男人，臉龐的線條剛硬，像是石頭鑿出來似的，米拉妲當年愛慕著他，帶著少女的天真爛漫，屬於另一個時代的天真爛漫。他所有的詩歌剛剛編纂成一個集子，米拉妲把詩集帶來，當作禮物送給她的朋友。

伊蓮娜把書翻了翻：「現在人們還讀詩嗎？」

「不讀了，」米拉妲說，接著，她背了幾行詩給伊蓮娜聽：「正午，有時，人們望見黑夜朝江河離去……還有，妳聽聽這個：池塘，傾洩在背上的水。還有，有些夜晚，斯卡瑟是這麼說的，他說空氣如此溫柔，如此脆弱，人們可以赤足行走，在晶瑩的碎片上。」

聽著米拉妲背誦詩句，伊蓮娜想起流亡初期的那些年經常猝然出現在她腦中的幻象。那些片片段段，正是來自這般相同的景致。

「還有，這個畫面：……馬兒的背上，死神和孔雀。」

米拉妲說出這幾個字的時候，聲音微微顫著：這幾個字總是讓她想起這個畫面：一匹馬越過原野；馬背上坐著一具骷髏，手上執著戟，骷髏的後頭，馬的臀背上，站著一隻開屏的孔雀，尾羽光燦絢麗，宛如永恆的虛空。

伊蓮娜心底帶著感激，她看著米拉妲——她在這個國家只找到這麼一個朋友——她看著米拉妲美麗的、圓圓的臉龐，她的頭髮讓她的臉看起來更圓；米拉妲緘口不語、陷入沉思，她的皺紋於是沒入了靜止不動的皮膚裡，看起來就像個年輕的女人；伊蓮娜希望她不要開口說話，不要背誦詩句，伊蓮娜希望她久久靜止不動，維持同樣的美麗。

「妳的髮型一直是這樣，對不對？我從來沒見妳梳過其他髮型。」

米拉妲像是要逃避這個話題，她說：「那麼，哪天妳會不會作出個決定？」

「妳也知道，古斯塔夫在布拉格和巴黎都有辦公室！」

「不過如果我沒弄錯的話，古斯塔夫想要定居的地方，是布拉格。」

「是啊，不過，在巴黎和布拉格之間來來去去，我覺得挺好的。我兩地都有工作，我只有古斯塔夫一個老闆，我們兩個講好就行了，我們隨時可以調整。」

「巴黎有誰牽絆著妳？妳那兩個女兒嗎？」

「沒有啊，我才不想跟她們的生活黏在一起。」

「妳在巴黎還有別人？」

「沒有人。」伊蓮娜接著說：「只有我自己的公寓。」然後又說：「還有我的獨立自主。」緩緩地，她又說了下去：「一直以來，我總覺得自己的生活受制於別人。只有馬丹死後的那幾年不是這樣。那幾年的日子過得最苦，我一個人帶著孩子，我得自己解決一切的問題。那時候的日子，只能說是悲慘哪。妳不會相信的，可是今天，在我的記憶裡，那幾年是我最幸福的日子。」

把丈夫死後的那幾年說成最幸福的日子，連她自己也嚇了一跳，於是她換了個說法：「我是說，那是唯一的一次，我成為我自己生命的主宰。」

她沉默了一會兒。米拉妲沒有打破這片靜默，伊蓮娜於是繼續說了下去：「我很年輕就結了婚，不為別的，就是為了逃離我母親。可是也正因為這緣故，這樣的決定還是被迫的，不是真正的自由。最糟的是：為了逃離我母親，我竟然嫁給她的一個老朋友。因為那時我只認識她身邊的人。所以，即便是結了婚，我依然活在她的看管之下。」

「妳那時候幾歲？」

「剛滿二十。而且，從此以後，一切都成定局了，一步錯步步錯。就是在那個時候，我犯了個錯，這個錯很難說得清楚，很難讓人察覺，可這個錯是我整個人生的出發點，這個錯，我永遠無法彌補。」

「在無知的歲月犯下的一個無法彌補的錯。」

「嗯。」

「人就是在這樣的年紀結婚，在這樣的年紀生下第一個小孩，在這樣的年紀選擇職業。總有一天，我們會知道、會懂得很多事，可是已經太遲了，因為整個人生已經在我們一無所知的年紀成了定局。」

「是啊，是啊，妳說得沒錯，」伊蓮娜表示贊同，「就連我的流亡也是這樣！流亡，不過是先前那些決定的結果。我會走上流亡的路，是因為秘密警察不肯放過馬丹。他呀，他在這兒已經活不下去了。可是我，我活得下去啊。我和我的丈夫是一體的，這我沒有後悔，儘管我的流亡不是因我而起，不是我的決定，不是我的自由，不是我的命運。我的母親把我推向了馬丹，馬丹把我帶到了外國。」

「是啊，我想起來了。這件事沒問過妳就已經決定了。」

「連我母親也沒反對。」

「她當然要贊成了，這樣她的問題就解決了。」

「妳的意思是？……那棟別墅？」

「一切都和私有財產脫不了關係。」

「妳的馬克思主義又來了，」伊蓮娜這麼說，臉上帶著淺淺的笑意。

「妳不是也看到了嗎？在共產黨統治了四十年之後，資產階級是怎麼樣在幾天之內復辟的？他們過去的際遇有千百種，有的給人抓去關，有的讓人家從工作崗位上趕走，有的倒是混得不錯，有個顯赫的工作，像是大使啦，教授啦。現在，他們的子子孫孫又重聚在一起了，成了某種秘密的兄弟會，他們占據了銀行、報紙、國會、政府。」

「真是的，妳真的一直是共產黨員。」

「這個字眼已經沒有任何意義了。不過，我真的一直是窮苦人家出身的女孩。」

米拉妲沉默了，一幅幅畫面在她腦中掠過：一個窮苦人家出身的女孩，愛上一個富裕人家的男孩；一個年輕女人，想在共產主義之中找到她生命的意義；一九六八年之後，一個成熟的女人，全心擁護異議分子，因此認識了一個比從前廣闊許多的世界：不只有叛黨的共產黨員，也有神父、老政治犯、沒落的大資產階級。接下來，在一九八九年之後，她如夢初醒，恢復了原來的身分：一個窮苦人家出身的女孩，如今垂垂老矣。

「我問妳一件事，妳別生氣，」伊蓮娜說，「妳跟我說過，可是我忘了：妳是在哪兒出生的？」

她說了一個小城的名字。

「我今天要跟一個人吃午飯，他也是那裡的人。」

「他叫什麼名字？」

米拉姐聽到他的名字，微笑著說：「他又給我帶來了一次霉運。我本來也想請妳吃午飯的。算了。」

44

他準時赴約，可是她已經在旅館大廳等著他了。他帶她走到餐廳，讓她在預訂的餐桌就座，兩人面對面坐著。

閒聊幾句之後，她打斷了他的話：「那麼，你在這裡開心嗎？你想留下來嗎？」

「不想，」他說；然後他也問了：「那妳呢？這裡有什麼東西讓妳留戀？」

「沒有。」

這回答如此斬截，又和他的回答那麼相像，兩個人忍不住大笑。默契就這樣形成了，兩人興高采烈地聊了起來。

他點菜的時候，服務生把酒單拿給他看，伊蓮娜伸手搶了過來：「菜歸你，酒歸我！」她看著酒單上的幾瓶法國酒，挑了其中的一瓶：「葡萄酒，對我來說是攸關名譽的問題。我們的捷克同胞，對葡萄酒可是一竅不通，你呢，你已經被那些野蠻的北歐國家給弄成了野人，你就更不懂了。」

她跟他說，她的那些朋友如何拒絕了她特地為她們帶去的波爾多紅酒：「你可以想像嗎，一九八五年的波爾多耶！而她們，根本就是故意的，為了給我上一堂愛國教育，她們還喝了啤酒！後來，她們同情起我來了，等啤酒喝到醉了，她們又接著喝紅酒！」

她把這事說給他聽，說得很有趣，兩個人都笑了。

「更糟的是，她們跟我說一些我完全不知道的事、完全不認識的人。她們根本不願意去理解，經過這麼些日子，她們的世界已經從我的腦子裡不知蒸發到哪兒去了。她們認為我想藉著自己的遺忘，引起別人的興趣。她們覺得我想藉此跟她們區分開來。那天晚上的談話實在很詭異。我呢，我已經忘了她們過去是什麼樣子；她們則對我現在的樣子不感興趣。你知道嗎？在這裡，沒有人會問你任何問題，問你在那兒過得怎麼樣？什麼問題都不會問！絕對不會的！我總覺得她們想在這兒把我生命裡的二十年截掉。真的，我有一種被截肢的感覺。我覺得自己好像變短了，縮小了，像個侏儒。」

他喜歡她，他也喜歡她說給他聽的事。他可以理解她，他完全同意她所說的一切。

「那在法國的時候，妳的朋友會問妳問題嗎？」

她正要回答說會，卻又改口了；她想要說得精確，於是她緩緩說出：「當然不會！可是常常見面的人總是以為他們彼此很熟悉。他們不會問對方問題，也不會因此感到挫折。常見面的人對彼此的事情不會有興趣，但他們也沒多想。他們根本沒發現有什麼問題。」

「確實是這樣。只有去國多年又回到國內的人，才會為這種顯而易見的事激動：人們竟然對彼此的事情不感興趣，而且這竟然是正常的。」

「是啊，這是正常的。」

「不過，我想到了別的事情。我想到的不是妳，不是妳的生命，也不是妳這個人。我想到妳從前的經驗，我想到妳從前看過的一切、知道的一切。關於這一切，妳那些法國朋友不可能有任何概念。」

「法國人哪，你知道的，他們不需要經驗。在他們那兒，主觀的判斷先於經驗。我們剛到那兒的時候，他們根本不需要什麼資訊。他們早就什麼都知道了，史達林主義是邪惡的一方，流亡是一齣悲劇。他們對我們心裡想的事情沒有興趣，他們感興趣的是，我們可以為他們所想的事情做個活生生的見證，為了他們所想的事情啊！這就是為什麼他們對我們如此慷慨，並且以此自豪。到了共產主義垮台的那一天，他們用監考官的眼神望著我，定定地看著我。這時候，有些東西就變調了。我的反應跟他們所期待的不一樣。」

她喝了點酒，繼續說：「他們確實為我做了很多事。他們在我身上看到了一個流亡者遭受的苦難。接下來，時候到了，我得表現出回歸的喜悅，來肯定我受過的苦難。結果這樣的肯定並沒有發生。他們覺得自己被騙了。我也覺得被騙了，因為在這段日子裡，我還以為他們對我付出的愛，不是為了我遭受的苦難，而是因為我這個人。」

她跟他提到希爾薇：「她很失望，我沒有在第一時間就奔向布拉格，奔向城裡的路障、街壘。」

「路障、街壘？」

「布拉格當然沒有這些東西啦，可是希爾薇是這麼想像的。直到幾個月後，我才終於抽空去了一趟布拉格，還待了一段時間。回到巴黎的時候，我好想好想跟她說話。你知道的，我是真心喜歡她，我什麼事都想說給她聽，什麼事都想跟她談，想跟她說我離鄉二十年之後回國所感受到的驚訝，可是她已經沒有太大興致要見我了。」

「妳們吵架了？」

「沒有啊。事情很簡單，我不再是流亡者了。我已經引不起人們的興趣了。所以呢，漸漸地，親切地，還帶著微笑，她就不再來找我了。」

「那麼，妳有沒有誰可以說話？有沒有誰跟妳比較談得來？」

「沒有。」她接著說：「跟你呀。」

45

兩人沉默了。她以近乎嚴肅的語氣重複了一次：「跟你呀。」她又加上：「不是在這裡。在法國，或是別的什麼地方，在哪裡都好。」

藉著這些話，她把未來交給了他。雖然約瑟夫對未來沒有興趣，但他在這女人身邊還是感到幸福，這女人如此明顯地渴望著他。他宛若置身遙遠的過去，置身於他前往布拉格獵豔的年代。現在，這年代彷彿邀請著他重拾那條絲線，就從中斷的地方拾起。在這位陌生女子的陪伴下，他覺得自己變年輕了，突然，他想起自己跟前妻的女兒有約，想到要為此縮短這個下午的約會，他似乎做不到。

「失陪一下好嗎？我得打個電話。」他起身，走向一旁的電話間。

她看著他微駝的身影，看他拿起話筒；隔著這樣的距離，她更清楚地看出他的年紀。在機場看到他的時候，他似乎年輕得多；現在，她看得出來他應該比她大個十五、二十歲；跟馬丹、古斯塔夫的年紀差不多。她沒有因此失望，相反的，這讓她受到鼓舞，這讓她覺得，不管這次偷情多麼大膽、多麼冒險，還是在她生命的秩序裡，看起來也沒那麼瘋狂（我說明一下：她覺得自己受到了鼓勵，就像從前古斯塔夫得知馬丹的年紀一樣）。

他才報上名字，前妻的女兒就先聲奪人：「你打電話給我，就是為了告訴我你不來了。」

「那妳明白囉。這麼多年沒回來，我有太多事情要處理。我連一分鐘空閒也沒有。對不起。」

「你什麼時候走？」

他正要說出「今天晚上」，可是想到她可能會說要來機場見他。於是他扯了個謊：「明天早上。」

「那你沒有時間見我嗎？就連兩個約之間的空檔也不行嗎？今天晚上晚一點不行嗎？你想要什麼時間我就抽空過去啊！」

「不行。」

「我畢竟也是你太太的女兒吧！」

她最後一句話裡幾近叫喊的誇張語氣，讓他想起從前在這個國家令他惱火的一切。他賭氣地想要找句刻薄話回她。

但她比他更快：「你不說話！你不知道還能說什麼！因為你知道，媽媽早就叫我不要打電話給你了。她早跟我說過你有多自私！她早跟我說過你是個多麼可憐又可鄙的自私鬼。」

她把電話掛了。

他走回餐桌，覺得自己像是沾了一身的髒東西。突然間，沒頭沒腦地，有句話掠過他的腦海：「我在這個國家有許多女人，卻連一個姊妹也沒有。」她感到訝異，因為這個句子，也因為這個詞：姊妹；他放慢腳步，緩緩把這個寧靜的字眼吸進去：姊妹。是的，在這個國家，他從來不曾找到一個姊妹。

「有什麼不愉快的事嗎？」

「沒什麼大不了的，」他答道，一邊坐了下來。「不過，不愉快，是有那麼一點。」

他沉默不語。

她也一樣。失眠夜的安眠藥正散發著睏倦向她問好。她想驅走睏倦，於是把剩下的酒都倒進杯裡喝了。接著，她把手放在他的手上：「我們在這兒不開心，我請你去喝點別的。」

他們往酒吧走去，音樂正從那裡流洩出來，聲音很大。她往後退了一下，然後又穩住腳步：她需要酒。在吧台邊，他們各自喝了一杯干邑白蘭地。

他看著她，問道：「怎麼啦？有什麼不對嗎？」

她輕輕擺頭示意。

「是音樂的問題嗎？那到我房間去吧。」

46

從伊蓮娜的口中得知他出現在布拉格，這是相當奇特的一個巧合。不過人到了一個年紀，所有巧合都會失去它們的魔力，不再讓人吃驚，什麼事都變得平凡無奇。關於約瑟夫的回憶，在她心底已經激不起漣漪。帶著一點苦中作樂的心情，她只想起約瑟夫喜歡用孤獨讓她感到害怕，而且，事實證明，他剛剛又害她得獨自一個人吃午餐。

他說的那些關於孤獨的話啊。孤獨之所以會留在她的記憶裡，或許是因為當時對她來說，這個詞是那麼令人費解：少女時代，她身邊有兩個兄弟、兩個姊妹，她憎惡人群；做功課的時候，看書的時候，她都沒有自己的房間，連找一個角落獨處都很難。顯然，他們兩人在意的事並不相同，可是她明白，孤獨這個詞從她男朋友的口中說出來，就會多了一層更抽象、更尊貴的意義：度過一生，無人搭理；說話無人聆聽；受苦無人同情；也就是活得像她後來真正的經歷的那樣。

她在離家很遠的一區停下車，打算在那裡找一家小酒館。中午，如果沒有人和她一起吃飯，她絕不會上餐廳（在那裡，在她對面，孤獨就坐在一張空盪盪的椅子上端詳著她），她寧願靠在小酒館的吧台上，吃個三明治。她走著走著，經過一片櫥窗，她的目光落在自己的映影上。她停下腳步，看著自己，那是她的習癖，或許是她唯一的習癖。她假裝看著櫥窗裡的貨品，其實是在端詳自己：褐色的頭髮、藍色的眼珠、圓圓的臉龐。她知道自己很美，她從來就知道，而這也是她僅有的快樂。

後來她發現了，原來她看到的不僅是她的臉模模糊糊的映影，也是一家肉舖的櫥窗：一副骨架子吊在那兒，幾條豬腿肉，一顆豬頭，嘴筒還帶著動人的友善表情，然後再過去一些，在舖子裡的，是一些拔了毛的雞鴨，四腳朝天，一副無力的樣子，四腳朝天的模樣就像人，突然，一陣恐懼刺穿了她，她的臉糾結起來，她緊緊握著拳頭，努力要把夢魘驅走。

今天，伊蓮娜問了她一個問題，一個不時有人問她的問題：為什麼她從來沒改變過髮型？是的，她沒有改變過髮型，而且以後也不會去做改變，因為只有讓頭髮像現在這樣把頭包著，她才是美麗的。她知道美髮師多嘴又守不住秘密，於是她在郊區找了一家美容院，她的朋友無論怎麼亂逛，也晃不到這兒來。為了守住她左耳的秘密，她必須以無邊無際的規矩，以及一整套的預防措施作為代價。如何調停男人對她的慾望和她自己渴望在男人眼中顯得美麗的慾望？起初，她找到一個折衷的辦法（令人沮喪的異國旅行，那兒沒有人認識她，也沒有任何流言蜚語會出賣她），後來，過了些年，她變得更徹底，她把自己的情色生活祭獻給她的美麗。

她站在吧台前，慢慢喝著啤酒，吃著乳酪三明治。她不趕時間；她沒有任何事情該去做。跟每個星期天一樣：下午，她看書，晚上，她在家裡吃一頓孤獨的晚餐。

47

伊蓮娜發現睏倦的感覺還是一直跟隨著她。有幾分鐘，她獨自一人待在房裡，她打開房裡的小冰箱，從裡頭拿出三瓶不同的小瓶裝烈酒。她打開其中一瓶，喝了下去，然後把另外兩瓶塞進她擱在床頭櫃上的袋子裡。她瞥見床頭櫃上有一本丹麥文的書：《奧德賽》。

「我也是，我也想到了尤利西斯，」她對著剛回到房裡的約瑟夫說。

「他跟妳一樣，有二十年都不在自己的國家。二十年都不在。」

「二十年？」

「是的，二十年，整整二十年。」

「至少他很高興自己可以回去吧。」

「這就很難說了。他看到自己的同胞背叛了他，而背叛他的人，他也殺了很多。我不相信他還能得到誰的愛。」

「可是佩涅洛佩愛他呀。」

「或許吧。」

「你不覺得嗎？」

「他們重逢的那一段，我反反覆覆讀了又讀。起初，佩涅洛佩認不出他是誰。接著，一切都撥雲見日了，所有人都明白了真相，佩涅洛佩的追求者都被殺了，叛徒都得到了懲罰，她卻給尤利西斯更多新的考驗，好確定那真的是他。或者也可以說，她推遲了他們在床上重聚的時刻。」

「這是可以理解的吧，不是嗎？都過了二十年，人總是會麻木的。這二十年間，她對尤利西斯一直是忠貞的嗎？」

「她不能不對他忠貞，所有的人都盯著她看哪。二十年的貞潔。他們做愛的夜晚一定很辛苦。我猜想，過了這麼二十年，佩涅洛佩的性器官都收緊了，縮起來了。」

「就跟我一樣！」

「什麼！」

「不是，不是，你別緊張！」她一邊笑，一邊大聲叫著。「我不是說我的性器官！它沒有縮起來！」

突然間，她沉醉在那明確提到性器官的話語裡，她壓低了聲音，用幾個髒字對他緩緩重述了最後的句子。然後，她又說了一次，用更低的聲音，用更淫穢的字眼。

多麼出乎意料！多麼令人陶醉！二十年來，這是他第一次聽到這些捷克的髒話，他一下子就興奮了起來，彷彿他自從離開這個國家之後就沒那麼興奮過似的，因為這些粗俗、骯髒、淫穢的話，只有在他故鄉的語言裡（在伊塔卡的語言裡），才能對他發生作用，正是為了這語言，為了這語言深遠的根源，他才會湧起那一代又一代、代代相傳的興奮。直到此刻，兩人竟然都還沒親吻。現在，兩人興奮異常，幾十秒鐘過後，他們就開始做愛了。

他們的情投意合是全面性的，因為伊蓮娜也被自己多年不曾出口亦不曾聽聞的這些字眼弄得很興奮。這全面性的情投意合，發生在淫詞穢語的爆發之中！啊！她的生命，曾經是那麼可憐！一切她錯失的敗德行徑，一切沒有付諸實現的不貞，這一切的一切，她貪婪地想要一一經歷。她想要經歷她曾經想像卻不曾經歷的一切，窺淫、暴露、別人的下流猥褻，還有一些駭人的話語；所有她現在可以實現的，她試著去實現，而無法實現的，她則高聲大叫，同他一起想像。

他們的情投意合是全面性的，因為約瑟夫心底很清楚（或許也很渴望），這個情色場面是他的最後一次；他也全心全意在做愛，彷彿要給一切做個總結，總結他過去所有的、以及往後不可能再有的一切豔遇。對兩人來說，這都是一次性生活加速快轉的體驗：一般的戀人要約會好幾次，甚至好幾年才能達到的放肆，他們迫不及待地完成了，他們挑逗著對方，彷彿要把他們曾經錯失和將要錯失的一切，全都壓縮在一個下午裡。

後來，兩人氣喘吁吁，躺在一起，伊蓮娜說：「噢，我已經好幾年沒做愛了！你不會相信的，我已經好幾年沒做愛了！」

如此真摯的告白令他感動，那是一種奇異的、深深的感動；他閉上了眼睛。伊蓮娜乘機從袋子裡拿出一個小瓶子；迅速地、偷偷地把酒喝了。

約瑟夫睜開眼睛：「妳別喝吧，別喝吧！妳會醉的！」

「你讓我喝！」她堅持要喝。她感到睏倦揮之不去，她決定不顧一切讓自己的感官維持完全清醒。所以，儘管約瑟夫盯著她看，她還是把第三個小瓶裝的酒喝光了，她像是要解釋，又像是要道歉，一直重複著說她好幾年沒做愛了，這次，她是用她伊塔卡故鄉的髒話說的，再一次，淫詞穢語的魔力讓約瑟夫興奮了，他又跟她做愛了。

在伊蓮娜的腦子裡，酒扮演雙重的角色：可以解放她的幻想，鼓舞她盡性地放肆，讓她縱情於肉慾，而同時，又可以遮蔽她的記憶。她狂野、淫蕩地做著愛，而同時，遺忘的簾幕會將她的淫亂包起來，裹在可以抹去一切的黑夜裡。就像一個詩人，寫著他最偉大的詩篇，用的卻是某種特別的墨水，寫下的字跡瞬間消失無蹤。

48

母親把CD放進一台很大的電器裡，摁了幾個按鈕，選了幾首她喜歡的歌，然後浸在浴缸裡，開著門，聽著音樂。那是她自己的選曲，四首舞曲：一首探戈、一首華爾滋、一首查爾斯登（charleston）、一首搖滾樂。由於這台電器精密的科技，四首舞曲可以永遠不停地重播，沒有任何間斷。她站在浴缸裡，悠悠緩緩地沖著澡，然後出了浴缸，把身子擦乾，穿上浴袍，走到客廳裡。沒多久，古斯塔夫就來了，他剛跟幾個途經布拉格的瑞典人吃了一頓漫長的早餐，他問母親伊蓮娜上哪兒去了。母親答道（混雜著她的破英語以及為了古斯塔夫而簡化的捷克語）：她打了電話。她晚上才回來。你吃得怎麼樣？

「吃太多了！」

「喝杯飯後酒吧。」她在兩只玻璃杯裡倒了酒。

「這東西，我從來不會拒絕！」古斯塔夫開心地說，接著把酒喝了。

母親吹著口哨，吹著華爾滋的旋律，扭著腰；然後，她什麼也沒說，就把兩手搭在古斯塔夫的肩上，和他一起跳了幾個舞步。

「妳心情真好啊，」古斯塔夫說。

「是啊，」母親回答，繼續跳著舞，她的動作那麼迫近，那麼戲劇化，害得古斯塔夫也跟著跳了幾步，做了幾個誇張的手勢，還不時爆出幾聲短促的、尷尬的笑。他願意模仿這齣戲謔的鬧劇，是為了證明他不想搞砸任何開玩笑的事，同時也怯怯地帶著點虛榮，想喚起從前的記憶——他曾經是一個優秀的舞者，而且一直都是。一邊跳著舞，母親一邊把古斯塔夫領到掛在牆上的大鏡子前面，兩人都把頭轉過去，看著鏡子裡的自己。

然後，母親放開了古斯塔夫，兩人都沒碰觸到對方，面對鏡子即興地編排著舞步；古斯塔夫舞動著雙手，跟母親一樣，他的目光沒有離開兩人的身影。就在此時，古斯塔夫看見母親的手搭著他的下體。

這已然開展的場景見證了男人自遠古以來就犯下的錯，男人一直霸占著誘惑者的角色，所以腦子裡只會想到他們渴望的女人；一個又老又醜的女人，或是一個在他們情色想像之外的女人竟然會想占有他們，這樣的想法根本不會出現在他們的腦子裡。和伊蓮娜的母親做那回事，對古斯塔夫來說簡直是無法想像、荒誕、不真實的，看到她的手搭在那兒，古斯塔夫嚇得楞住了：他的第一個反應是想把她的手挪開；可是，他不敢；打從少年時代開始，他的心裡就鐫刻著一道命令：不得對女人粗魯無禮；於是他繼續舞動，楞楞地望著那隻手放在他的雙腿之間。

母親的手一直搭著他的下體，她站在原地搖擺，不停地看著自己；接著，她讓浴袍微微鬆開，古斯塔夫看見一對肥大的乳房，還有下面黑色的三角地帶；尷尬啊，他發覺他的下體脹大了。

母親的眼睛沒有離開鏡子，不過她終於把手拿開了，但是又立刻伸進了古斯塔夫的褲子裡，用手指抓住他光溜溜的性器。古斯塔夫的性器不斷地變硬，而她，則是繼續跳舞的動作，同時盯著鏡子不放，用她洪亮的女低音又高興又讚嘆地叫著：「喔，喔！這不是真的，這不是真的！」

49

做愛的時候，約瑟夫不時偷偷看著手錶：還有兩個小時，還有一個半小時；這個纏綿的下午多麼令人著迷，他一點一滴也不願放過，任何姿勢、任何話語他都不願放過，可是尾聲已經逼近，這是無可避免的，他得盯著一分一秒流逝的時間。

她的心裡也惦著越來越短的時間；她的淫詞穢語因此越來越急躁、越來越激昂，她說的話從一個幻想跳躍到另一個，她猜想時間已經太晚了，這狂熱的譫妄就要結束，而她的未來荒蕪依舊。她又說了幾個髒字，但是邊說邊哭，後來，她哭得身子搖顫了起來，沒法子繼續下去，她停下所有的動作，把他從身上推開。

兩人躺在一起，她說：「你今天不要走，再多留一段時間吧。」

「我不能。」

她沉默了好一會兒，然後說：「我什麼時候會再見到你？」

他沒有回答。

她帶著猝然而生的決心，從床上起身；她不再哭了；她站起來，轉過身子面向他，對他說話，語氣不是感傷，而是帶著一股突如其來的挑釁：「吻我！」

他依然躺著，猶豫著。

她一動也不動，在那兒等著他，用一個沒有未來的生命所擁有的全部重量死盯著他。

他無力承受她的目光，只好認輸：他站起身來，靠了過去，將他的唇貼在她的嘴上。

她品嚐著他的吻，估量著他有多冷酷，然後說：「你太壞了！」

她轉身拿她放在床頭櫃上的袋子，從裡頭取出一只小煙灰缸，拿給他看。「你還認得這個嗎？」

他接過來，看著煙灰缸。

「你還認得這個嗎？」她又問了一次，語氣嚴厲。

他不知道該說什麼。

「你看看上面寫的字！」

那是布拉格一家酒吧的名字。可是他一點印象也沒有，他於是沉默不語。她滿心懷疑地看著他，見他如此困惑，對他的敵意就越來越重了。

他被這目光壓迫得很不自在，就在此刻，一個非常短暫的影像掠過他的腦海——窗台的一端有一盆花，另一端有一盞點亮的檯燈。可是影像閃逝之後，他又看見了那雙充滿敵意的眼睛。

她完全明白了：他不只是忘了他們在酒吧相遇的經過，事情的真相更糟：他根本不知道她是誰！他不認得她！在飛機上，他也不知道自己在跟誰講話。霎時之間，她想通了：他根本不曾用她的名字喚過她！

「你根本不知道我是誰！」

「怎麼會呢？」他頹喪又笨拙地說。

她對他說話的樣子，像個預審法官：「那你告訴我，我叫什麼名字！」

他沉默不語。

「我叫什麼名字！你告訴我，我叫什麼名字啊！」

「名字，這沒有什麼意義嘛！」

「你從來沒有用我的名字叫過我！你根本就不認識我！」

「怎麼會呢！」

「我們是在哪裡認識的？我是誰？」

他想要安撫她的情緒，他握住她的手，她卻把他推開：「你根本不知道我是誰！你勾引了一個陌生的女人！你跟一個自己送上門的陌生女人做愛！你利用誤會玩弄我！你把我當作妓女！對你來說，我不過是個妓女，一個陌生的妓女！」

她撲倒在床上，哭了起來。

他看見丟在地上的三個小酒瓶：「妳喝太多了。喝成這樣真傻！」

她沒聽他的話。她攤直了趴在那兒，身體抽搐顫動著，腦海裡只有她的孤獨守候著她。

接下來，彷彿有一陣睏倦襲上來，她不再哭泣，翻身躺著，雙腿不自覺地張開。

約瑟夫依然站在床尾；他望著她的性器宛如望著一片空無，突然間，他看見了那棟磚房，還有一棵樅樹。他看了看錶。他還可以在旅館待上半個小時，他得穿好衣服，還得想辦法逼她也穿上衣服。

50

他從她身體裡滑了出來，兩人靜默無語，只聽見那四首不同的音樂不斷重複，沒有盡頭。過了許久，一個清晰又近乎莊嚴的聲音出現了，像在朗讀一份協約的條文似的，那是伊蓮娜的母親用她捷克式的英語在說話：「我們很強壯，你跟我都很強壯。We are strong。可是我們也很好，good，我們不會傷害任何人。Nobody will know，沒有人會知道的。你是自由的。你想要的時候都可以。不過你不是一定要。跟我，你是自由的。With me you are free!」

這次，她說話的時候，沒有半點戲謔模仿的戲耍，她用的是一種嚴肅無比的語氣。而古斯塔夫也一樣嚴肅，他答道：「是的，我明白。」

「跟我，你是自由的，」這話在他腦海裡悠悠長長地迴盪著。自由：他曾經在她的女兒那裡尋找，但是並沒有找到。伊蓮娜把自己獻給他，連同她一生的全部重量，而他所渴望的，卻是沒有重量的生活。他在伊蓮娜身上尋找某種逃避，可她卻聳立在他的面前，如同一個挑戰；如同一道謎題；如同一項有待成就的壯舉；如同一位必須面對的法官。

他看到他新情婦的身體正從長沙發上站起來；她站著，身體背對著他，強壯的大腿上滿是蜂窩狀的老皮；這樣的老皮令他著迷，彷彿在展現皮膚的生命力，皮膚波動、輕顫、說著、唱著、扭動著、炫耀著；當她彎下身子，拾起方才扔在地上的浴袍，他無法自持了，他裸身躺在長沙發上，撫摸她鼓凸得如此美妙的臀部，他輕觸這肉體，如此宏偉壯觀，如此豐盛，這肉體的慷慨揮霍撫慰了他，讓他心情平靜。一股寧靜的感覺包圍著他：有生以來，這是第一次，情慾處於一切危險之外，處於衝突和悲劇之外，處於所有的迫害之外，處於一切罪惡感之外，處於憂心之外；他無需照顧任何事情，反而是愛情會來照顧他，這正是他一向渴望卻始終不曾得償的愛情：愛情—休憩；愛情—遺忘；愛情—逃離；愛情—無憂無慮；愛情—微不足道。

伊蓮娜的母親去了浴室，留下他獨自一人：有那麼幾秒鐘，他覺得自己犯下了一個巨大無邊的罪愆；可是現在，他知道自己歡愛的行為與罪惡無涉，也無關悖德或墮落，只是最平常不過的平常舉動罷了。正是跟她，跟伊蓮娜的母親在一起，他才配成了這麼令人愉快的一對，平庸、自然、怡人，兩個安詳老人配成的一對。浴室裡傳來水聲，他在長沙發上坐起身子，看了手錶。再過兩個小時，他剛剛得到的情婦的兒子就要回來了，這年輕人很欽佩他。古斯塔夫今天晚上要把他介紹給生意上的朋友。他的一生都被女人圍繞著！終於有了個兒子，多麼令人高興啊！他微笑著，開始收拾他散落了一地的衣物。

母親穿著一件連衫裙，從浴室走回客廳的時候，他已經穿好衣服了。這樣的場面是有那麼點兒莊嚴，所以，也讓人尷尬。事情一向如此，在第一回的歡愛繾綣之後，戀人們面對著一個未來，霎時之間，他們得把這未來承擔起來。音樂依舊在客廳裡迴盪，在這微妙的時刻，音樂彷彿想要幫他們解圍，從搖滾樂換成了探戈。兩人遵從這個邀約，緊摟著對方，全神投入了這波單調、懶怠的聲音之中；他們什麼都不去想；他們讓自己被音樂帶著轉，轉出九霄雲外；他們跳著舞，緩緩地，悠悠地，不帶絲毫戲謔。

51

她的啜泣持續了許久，後來，奇蹟似的，啜泣停止了，隨之而來的是沉重的鼻息：她睡著了；這變化令人驚訝，淒涼又可笑；她睡了，睡意沉沉的，無法遏制。她沒有改變姿勢，依然仰著身體躺著，雙腿張開。

他一直看著她的性器，這個小小的部位如此巧妙簡省地運用著空間，確保了四項至高無上的功能：刺激性慾、交配、生育、排尿。他久久望著這塊失去了魔力的可憐部位，一股悲傷湧上心頭，無邊，無垠。

他跪在床邊，把頭傾在她鼾聲微微的頭上；這女人跟他如此靠近；他可以想像和她在一起，照顧她；他們在飛機上答應過對方，不要探詢對方的私生活；所以他對她一無所知，只有一件事似乎很清楚：她愛他；她隨時可以拋下一切跟他走，一切從頭。他知道她在向他求救。他有個機會，顯然是最後一個機會，讓他可以對人有點用，可以幫助一個人，並且在這人滿為患的星球上，在陌生的人群裡，找到一個姊妹。

他開始穿上衣服，輕手輕腳，無聲無息，他不想把她吵醒。

52

如同每個星期天的晚上，她獨自一人待在她那屬於貧窮科學家的地方——一間不算大的單間公寓裡。她在房裡走來走去，吃著跟午餐一樣的東西：乳酪、奶油、麵包、啤酒。做為一個素食者，她注定要吃這些單調的東西。自從她在山裡住院之後，她一看到肉，就會想到，她的身體也可能跟一頭小牛的身體一樣，被切割、被分食。當然，人是不會吃人肉的，這種事讓人恐懼。然而，這樣的恐懼只是肯定了人確實有被吃掉、被咀嚼、被吞食，然後轉化為排泄物的可能。米拉妲也知道，害怕被人吃掉的這種恐懼，不過是來自另一種更為普遍的恐懼，這是藏在一切生命底層的恐懼：害怕作為一具身體，害怕以身體的形式存在。

她吃完晚餐，走到浴室去洗手。她抬起頭，望著洗手檯上鏡子裡的自己。這完全是另一種不同的目光，和她剛才在櫥窗裡看著自己的美麗完全不一樣。現在，她的目光是緊張的；她緩緩撩起覆在頰邊的頭髮。她看著自己，像被催眠了似的，看了好久，看了好久好久，才鬆手讓頭髮垂落下來，她把頭髮撥順在臉龐外緣，然後走回房裡。

大學時代，到其他星球去旅行的夢想總是很吸引她。如果能遠遠地逃逸到外太空，在那裡，生命以另一種方式呈現，不需要身體，那該是多麼快樂的事啊！儘管那些嚇人的火箭發射了無數次，人類在外太空始終不曾走得太遠。生命如此短暫，以至於天空對人類來說，成了一個黑色的篷蓋，人類不斷地在這蓋子上撞破了頭，再跌回地面，跌回一切生物吃食並且也可能被吃掉的地面。

悲涼與驕矜雜纏。「馬兒的背上，死神和孔雀。」她站在窗前望著天空。沒有星辰的天空，黑色的篷蓋。

53

他把所有的東西放進行李箱，再把整個房間看了一下，確定沒有忘記任何東西。然後他坐在桌邊，在一張箋頭印有旅館名字的紙上，他寫著：

「好好睡吧。房間直到明天中午以前都任妳使用……」他原本還想對她說些非常溫柔的話，但在此同時他又不准自己寫下虛假的隻字片語。最後，他加上了：「……我的姊妹」。

他把那張紙放在床邊的地毯上，這樣她一定看得見。

他拿起上頭寫著「請勿打擾，don't disturb」的紙板；出門的時候，他又回頭看了看沉睡的她；在走廊上，他把紙板掛上門把，他已靜靜地把門帶上。

旅館大廳裡，四面八方，到處聽見的都是捷克語，單調又帶著令人不舒服的厭膩，這個陌生的語言又出現了。

結帳的時候，他說：「房裡還有一位女士，她晚一點才會離開。」為了不讓旁人對她投以異樣的眼光，他把一張五十克朗的紙鈔放在櫃檯經理前面。

他搭了一輛計程車往機場駛去。已經是晚上了。飛機航向黑色的天空，接著就隱沒在雲裡。幾分鐘之後，雲散天清，天空寧靜而和藹，滿布著星斗。從飛機的舷窗望出去，在天空的盡頭，他看見木頭矮籬，他看見磚房前面，一棵細長的樅樹站在那裡，像是一隻手臂兀自高舉。

米蘭昆德拉 MILAN KUNDERA 全集

玩笑

可笑的愛

生活在他方

賦別曲

雅克和他的主人

笑忘書

生命中不能承受之輕

小說的藝術

不朽

被背叛的遺囑

緩慢

身分

無知

簾幕

相遇

無謂的盛宴

國家圖書館出版品預行編目資料

無知 / 米蘭・昆德拉(Milan Kundera)作; 尉遲秀譯. -- 二版. -- 臺北市 : 皇冠, 2017.06
面 ; 公分. -- (皇冠叢書 ; 第4621種)(米蘭・昆德拉全集 ; 13)
譯自 : L'ignorance
ISBN 978-957-33-3305-0(平裝)

882.457 106007388

皇冠叢書第4621種
米蘭・昆德拉全集 13
無知
L'ignorance

作　　者—米蘭・昆德拉
譯　　者—尉遲秀
發 行 人—平　雲
出版發行—皇冠文化出版有限公司
台北市敦化北路120巷50號
電話◎02-27168888
郵撥帳號◎15261516號
皇冠出版社(香港)有限公司
香港銅鑼灣道180號百樂商業中心
19字樓1903室
電話◎2529-1778　傳真◎2527-0904
總 編 輯—許婷婷
責任編輯—蔡承歡
美術設計—王瓊瑤
著作完成日期—2003年
二版一刷日期—2017年06月
二版二刷日期—2023年07月
法律顧問—王惠光律師

如有破損或裝訂錯誤，請寄回本社更換
讀者服務傳真專線◎02-27150507
電腦編號◎044091
ISBN◎978-957-33-3305-0
Printed in Taiwan
本書定價◎新台幣280元/港幣93元